島光嶼影

金　門　寫　生　記　事

洪明標 著

金門縣文化局

自序

背著畫袋到野外寫生，這是一件樂事。畫成了，有些感觸，就寫之記之，這也是件樂事。寫成了一篇一篇的文章，就出版成書，這也是一件樂事。這麼一連串的樂事降臨給我，心中多的就是感激，除此之外，還是感恩。可不是嗎？若果不是工作之餘有閒暇，若果不是這島嶼提供著不盡的題材，若果不是一些人的牽成等因素，可就沒今天這結果。當然，若果沒自己的初衷和堅持，也可能在迷惘之中。

有時，我單行，獨自享受著村落田野的風光，享受那陽光那風。有時，明燦同行，我兼享受著兄弟提攜扶持之情。有時，天澤老師也加入行列，「眾樂樂」的歡喜就洋溢心頭。二〇〇三年夏天茅山塔下海岸第一次寫生開始，就著迷了，就停止不了，就成了習慣；有時，真的不想去畫也難。以自然為師，接受感動，接受啟發，也漸漸接受自己，安頓自己。金門島嶼，我可愛的島鄉，始終以村落那閩南建築的美麗，以野外那滋繁草樹的豐厚，以海岸那巖石的堅硬，以碉堡那戰爭遺事的喟歎……提供我手中炭精筆畫不盡的題材，提供和我內心對話的對象。沉醉在其中之後，就忘歲月走雲煙，一回首，流光已去幾年了。我無悔這樣的流光歲月。

小小的花崗岩島嶼，沒有大江大河可供膜拜，也沒有高山峻嶺可供仰慕，有的就是小山林小田野小村落，有的就是那素樸的容貌，那親切的召喚，這不只讓生於斯長於斯的我感動喜愛，來訪的人也是如此。多年來的寫生行走，我知道在島鄉的山光水影中，有著無私、單純、靜謐、美麗、堅毅等丰采，就在畫筆的轉動中，白紙的呈現上，點點滴滴啟發著我，濡潤著我，讓我這島鄉的子民療癒了些傷痛，懂得了些道理，獲得了些快樂。

我畫著，我寫著，無法停歇。自二〇〇八年《金門寫生行旅》一書之後，先先後後寫就了三十二篇文章，有的寫寫景物題材，有的說說畫中經過，有的談談畫後感思，在感念島嶼的山光水影下，就以「島光嶼影」為書名，出版了個人第三本文集。這三十二篇文章裡，〈金龜樹〉畫的是台南府城的老樹。〈山村畫展〉、〈下節寫生去〉、〈訪土樓話土樓〉、〈溪聲淙淙〉四篇是記述出島外到福建南靖下坂村寫生的作品，而〈永和博愛街〉一文說的是到台灣台北縣（現今新北市）永和寫生的事，其餘的都是島鄉的風光事物記事，所以就再加一副名「金門寫生記事」，冀望能更彰顯島嶼風光的魅力，反哺島鄉的愛意。

在此要感謝《金門日報・浯江副刊》不時刊載拙文，也得感謝金門縣文化局資助集結成書。

書成了，欣喜之中還是難忘啊！曾經，她總是細細讀著我的文章，然後將她大大的喜歡和鼓勵鐫銘在我的心版上。謹再以此書獻給我所思念的人。

目次

田埂松色

那一瞬間閃現出冬陽下有那麼一群人同我優遊在那田野，混雜著一群國中生在旁認真地觀察和採訪的幾幅殘象。當我無意間翻見了畫作，往昔電光石火般閃現，猝然而來，卻不倏地而去，讓我陷於追想中。

那一瞬間閃現出冬陽下有那麼一群人同我優遊在那田野，混雜著一群國中生在旁認真地觀察和採訪的幾幅殘象。當我無意間翻見了畫作，往昔電光石火般閃現，猝然而來，卻不倏地而去，讓我陷於追想中。

往事真箇是不如煙啊！那是二〇〇四年的十二月。他們是隨著李老師來的學生，正著手製作一個以地區繪畫性團體的網頁。許多因緣促使下，「驅山走海」這活躍於地區藝壇的小團體，就成了介紹的目標。那些時日，學生到會員家做了些採訪，然後又隨著到野外實地了解畫家寫生的景況，邊看畫畫邊訪問，如影隨形般的熱切，著實令人印象深刻。

我不是團體裡的會員，但常跟著到野外練習寫生，多少就知道了些梗概。先前，昔果山村郊的松林姿色，給了我自在愉悅。將翠綠轉換為烏黑，炭精筆始終讓我在這兩種顏色中所構成的單純世界裡得到醺醉。畫了一段時日後，當要告別時，正是練習得有些上手的時候。將跟著遊徙下一處，心中不禁起了些躊躇，想著下一地不知還有沒有松樹可畫，好讓我再多投些心力，將松樹的本色能掌握得更好，再去燃燒心中那份寫生的熱忱。「哪兒還有松樹呢？」這樣的疑問，好一段時日一直擱在心裡。當來到賢厝村旁的荒田中，看了田埂幾棵松樹一字排開，稍微撫慰了些往日的期願。

田埂上除了溼地松外還有許多樹種，一些枯木錯雜期間。松樹蔥綠悅目，給人一番好心情。就在那青翠翠的松色前，我遇見了製作的團隊。稚氣的臉龐、幼嫩的聲音、怯生提問的情態，以及一伙會員就將荒蕪寂寞的寫生現場交織出一片熱鬨鬨的景象。

我表明不是會員，可是他們看我也在寫生，由不得我就硬問了。事先排出的一串問題霹靂啪啦迎頭而來，真是有些招架不住。小小年齡問題難免空乏，卻也有些大考驗，讓人不得不思考的，就如他們問：「您為什麼要畫畫？」這真是大哉問啊！讓我不得不正襟危坐去想想：「我為什麼要畫？」——「我為什麼要畫畫？」一時真是語塞。我真的是沒有什麼志向和動機，無法找個冠冕堂皇的理由來回答他們。溯及過往，就是愛看些繪畫作品愛聽些畫家的生平故事，其餘的，也只能說是要排遣時間了。在情急之下，就將一些日來寫生的感受說與他們聽了：「寫生給了我專心和寧靜。」一真是言簡意賅，我也沒繼續說明，他們也沒繼續問下去。或許他們懂得，若是不懂，我想我是沒辦法說清楚的，因為即使到今天這個答案依然是緊扣我心的，要回答的也是如此。除了這問題外，還問些什麼呢？歲月無聲，如今也都記不起了。往事真箇是如煙啊！

往事不如煙？或是如煙？依稀彷彿之下，促使我就上了網尋尋他們的網頁，希望能尋些往昔的訊息記錄，查證些因無意間翻見了舊作而生的某些憶想。雖清楚自己不是網頁的對象人物，只不過心存一些僥倖，或許就從相關人事物尋獲些蛛絲馬跡，清楚些往日的情景。當鍵入「驅山走海」四字，圖片帶來了記憶，文字連接了懷想。滑鼠移上移下的，細細看著照片讀著文字，一些往事也紛紛東補西綴出來了，輪廓漸漸浮現，讓我有著回轉拾獲的喜悅；但是，那些沒圖片沒文字說明的呢？啊！生命過往的許多時光許多情節，似真如幻。

自己真的不知道尋覓了多少往事？又遺失了百分之多少？這樣的思辨，自個也是知道那是無由得到答案的。雖然有些悵惘，卻不致令自己感到不堪，只因素描圖上那松色，至今仍濃黑得惦念在心。歲月再逝，他日，記憶衰弱，讓我封住這惦念就夠了。當然，若能再及些人，一些事的，想必會有著更多的慰藉。

74.12.12

一棵刺桐之死

百來年的歲月說來也是沉甸甸的，山后村那一棵刺桐就以一副索枯的身姿進了我的寫生簿裡，在那二〇〇三年的冬天。今年春來，就叨念要再去探訪，卻擱著延著，當打算動身，不幸五月噩運發生，老樹凋零。

山后刺桐樹
2005 夏補畫
洪明標

百來年的歲月說來也是沉甸甸的，山后村那一棵刺桐就以一副索枯的身姿進了我的寫生簿裡，在那二〇〇三年的冬天。今年春來，就叨念要再去探訪，卻擱著延著，當打算動身，不幸五月噩運發生，老樹凋零。

天府之國的天崩地動，屋毀人亡，多日來讓世人莫不聞震色變。忽然報紙上刊載著山后村刺桐樹倒下的新聞。斗大的標題：「震恐怖？山后百年刺桐腰折！」讓我仔細閱讀著每一個字，除了好奇是不是和餘震有關？也悚然以驚會不會是那一棵和我對晤多日的老刺桐？我認真察看新聞旁的照片，希望能得些蛛絲馬跡有所確認。

村莊有四棵古刺桐，印象中判斷，倒的應該是候車亭後的那一株，原因是在村莊畫樹的時日，只見此株刺桐根部牢牢被水泥封死，樹身又有一大窟窿，塞著垃圾，一副灰積。不是這一株，難道會是出現在寫生簿中的那一棵嗎？可別讓我猜中。再定神照片上的樹頭，真也不容易辨別出來。就在看不清之際，角落裡隱約有著石條的模樣，心中不禁「啊」一聲，一種不妙的感覺頓時脹悶心胸。真的是那一棵嗎？過些日子我想再去會面的那一棵嗎？

農曆新年時，朋友回鄉，翻看了我薄薄的畫冊，老刺桐樹吸引了他的目光，讓他不知不覺撫摸著樹幹，彷彿那粗裂的樹皮、醜怪的樹瘤、枯槁的枝骨在指尖有了生息。久久，從口裡迸出「好滄桑的老樹！」一句話，聲調低悶。我看他似乎有些感覺，就滔滔向他介紹畫這株老樹的一些經過：那是首次用質細的紙張畫的，還有就是唯一一張隔著長長一年半載才接續完成的寫生素描。還有開花時，一樹紅艷艷的，那是會讓人咋舌的等等情事。聽了我的描述，讓異鄉遊子的他更入神。勾引出鄉心了，他說若是花季來，就幫忙去拍些照片，好放進心中某處位置。

除了老刺桐外，沒想到就這麼幾張圖引起他頗多的感嘆，嘆著自己生長的小小島，竟還有那麼多地方讓他感到陌生。老友話中淡淡的愁，怎不令人同情？不替他去看看樹行嗎？心中就一直惦記著：開花時節，就去看看樹吧。拍些樹影花容的照片，讓他解解鄉愁吧。再說，順便去畫老刺桐開花的樹景，也是自己的想念。

惦記著，惦記著，心想開花時節，就去探望樹。都五月了，還沒成行，沒想到事情卻發生了。

梅雨季節了，雨下一陣停一陣，車雨刷搖擺一陣又擱一陣，我的心也猜想一陣又否定一陣。會是那一棵嗎？下莊路段的台灣欒樹迅速被拋到車後，八二三紀念碑圓環過去了，陽宅過了，碧山村落過了，楓香林出現了，再轉幾個彎就到了。車急駛著，車裡的冷氣和車外的水氣，讓人在清冷的微寒中。

將車停好，細雨飄飛，整座民俗村寥落寂靜。我直上候車亭後，後方那一棵無恙。再往前一看，果然懷疑成真，心不免沮喪。現場已收拾乾淨，老刺桐只剩短截合抱的樹頭，猶如一塊灰褐的岩石盤坐。哎！此後那些在冬風中顯得有些猙獰的枝椏不見了，在夏季中那滿樹寬闊的綠葉不見了，更別說那紅艷艷的花朵了。

斷裂的樹頭突兀，讓人盡是錯愕。開花時節賞花去的浪漫憧憬，已在第一眼下消失無蹤了。細雨不停飄灑，小小雨珠被盛在斷剖面上，乳黃色一絡一絡的木質柔軟濕潤。袒露的樹心圈圈年輪迴繞起伏，藏著悠遠的歲月和心事。我惋惜的心驅使著手掌來回摩挲，也來回懷想往昔一些樹的容顏。漫漫的光陰，那是怎樣的過往？百年來的風吹雨打雷劈中如何扎根入土？要抓緊多深多廣的泥土才能枝葉蔽空壯碩開花？花葉豐麗相較於殘破樹頭又該如何認識？……我再次好奇這樣一棵樹的生命光景？也再次去思忖些生命的課題。

有人說，人的生命是用十年計算的，而樹是用百年、千年計算的。百年千年的時間、歷史、人事是夠使人尋思再三的。老樹的一生，分享人許多想像，許多事理，許多啟示。這是我喜歡畫老樹的理由，甚至敬畏。

天地間有這麼一棵刺桐，走進了凋零，走進了我的畫作，也走進我的心中。

封面的圖

亂石交錯，帶來不安，卻緊緊抓住寫生視眼。定下心來，一岩一石描繪在方寸的紙張上。石雖亂，但筆不亂，心更不亂，否則就雜亂無圖了。

幾個學生在畢業卡片上寫了些感謝的話，並叮嚀新書出版時可不要忘了他們。離別的氣氛裡，人難免有些依依，再遇這一番誠心，更是令我感動得說不出話。

早先，當他們知道我要再出新書時，三不五時就詢問進度如何，真的比我還關心。不知道是什麼理由讓他們這樣的熱衷？或許，出書的喜悅，不自覺感染了他們？或是，先前送的書扉頁上的題辭感動他們？不管如何，有人急著預約自己的新書，能不高興，能不急著送嗎？可惜的是莘莘學子畢業了，書卻還在校對之中。

滄桑初老的時候，出版了第一本書。那時候，第一次的新奇混雜著出版各項事宜，忙得天搖地轉。終於，一本屬於自己的書出現，那是喜悅之外還是喜悅。不計較別人喜不喜歡，書就大方送，尤其是送給學生，看他們拿著書的臉是那麼生動興奮，我自然也歡喜在臉上。在扉頁上，我喜歡寫些諸如「將來寫出比老師更多更好的書」之類的話，以獻上祝福和期望。真的，若果有那麼一天，因我的「拋磚」，引出一些人有著寫作的熱忱乃至出書，到時想掩藏高興也難。

今年初，忙第二本書。他們知道後就不時探問。有時閒聊，他們會心羨我擁有自己的書，彷彿那是件大不了的事。對那些著作等身的人而言，自己這一、二本書算什麼？這等年齡絞盡腦汁出了這兩本書，難道不會太晚？對年幼的他們來說，哪裡能體會白了少年頭時的追悔？有時，忍不住嗟嘆著：「少壯不努力，老大徒傷悲」，希望能給他們些警惕，但十三四歲的青春少年，又能懂得多少？反倒惹來他們齊聲應和：「少－壯－很－努－力，老－大－不－傷－悲。」真是夠自己苦笑好幾天。

有了先前的經驗，這一次比較得心應手，但一遍又一遍的校對還是不能省的。期間，封面的選擇也是煞費苦心。由於有些圖要放進書裡，且又以橫幅為多，所以書的大小尺寸，原先較傾向20公分×20公分這樣的版本，也挑了一張橫幅的「珠山大夫第」準備當封面。後來一些因素的考慮，就採取二十五開本，和第一本相同。因第一本的封面那感覺頗好，所以就延續相同的風格，但直的篇幅和橫幅的圖有些扞格，得再改挑張直圖。向來直幅的圖畫得較少，當翻見了在海岸畫的亂石圖，興味仍舊，二話不說就用上了。

島鄉的西南海岸有著壘壘的岬石連接著山海。夏秋時，艷陽下，這些地方是我們寫生的場域。赤炎炎的太陽像是要將大海燒滾似的，岩石也被曬燙了。這時，岩石下石縫中是躲避烈陽的好所在。海上來的風，岩下的濕涼，退卻了午後的悶熱，也清醒了午後的慵懶。

這封面圖是在翟山和赤山之間的海崖旁畫的。崖壁下，大小石頭重巒疊嶂似的，亂石外海浪陣陣拍打著。乍看，「亂石崩雲，驚濤裂岸」的詞句就閃現了出來。當然，如果要細加比對，只見夏陽當空，萬里無雲，又值退潮之際，海水沖激岸石的力道並不駭人，整個氣勢不如文字所描述的那般強烈，但場面也是夠悸動的。

崖頂上有座軍事工事，隱藏在木麻黃樹林中。大的小的圓石方岩自崖頂上落下，逐漸沉入沙灘和海中。一些石頭上留著鑽孔鑿洞的痕跡，有人說那是埋炸藥爆破用的，想來應該不差，因為周遭刀削般的稜石遍佈，有著爆破過的氛圍。石頭參差跌落，有的橫躺，有的直聳，有的斜擱，有的上下壓覆，有的左右推擠……形狀各異，眼花撩亂，但總讓人有著岌岌之感。

亂石交錯，帶來不安，卻緊緊抓住寫生視眼。定下心來，一岩一石描繪在方寸的紙張上。石雖亂，但筆不亂，心更不亂，否則就雜亂無圖了。

畫成了，岩石大肆佔據了整個畫面，壓迫沉重，只左上角留下了一小片海和天。這海天，怯生生瑟縮著，初看可憐，但作用可大。留了這一角落，猶如有了出口，讓密密實實的畫面可以透氣，得以舒暢，不致於滯悶難熬。有了這一想法，圖更有著豐富的意趣了。想想，畫面都要解除壓迫，為滯悶找著出口，讓整張圖更為活現，人陷於低落和苦楚時何嘗不要呢？

現今，崖岸已被層層鐵絲網圈圍在雷區內。每次經過，看著紅色警示牌，心下有著絲絲不寒而慄、當然，也更暗自慶幸擁有了這畫。

將這喜愛的圖放置為封面，承製公司的老板用心為我多設計了幾份式樣，樣樣都可取，猶豫不決下，拿去給學生投票，再度引燃關切，結果師生所見相同，就快樂拿去付印，靜候出版佳日的到來。

書出版了，歡喜之情溢於言表，但背後那些幫助我的人、替我高興的人，都讓我不能獨自私吞這份歡喜之情。我得感謝他們，並要分享喜悅。

金龜樹

恍然大悟原來是認得的，失而復得讓我驚喜萬分。就在那瞬間，想起學生宿舍旁就有這樹，繼而牽引出在樹下佇足沉思、背誦那本泛黃的詩集，閱讀筆記等情事來。溫習著舊夢，給了我許多好情懷，於是更歡喜地打開帶來的寫生簿畫起樹來。

2008年6月7、8日和
一寧、一如赴台南參加一
安畢業典禮。投宿嘉南水
利會休假中心。旁鄰
五妃廟．四周金龜樹
十來株，奇特怪異。
雨天早晨．在廟旁寫生．畫
了兩張樹，一張廟景。

平常在飛機上或是看些航空照，總是訝異地景的美麗。真沒想到六月初一趟台南行，竟在空中盤旋近十分鐘左右，讓我能仔細觀覽嘉南平原一隅的地景風光。為了等軍機進場，客機在海岸和魚塭上低飛迴繞，靠窗的座位提供了極佳的視野。蜿蜒的海岸線將閃耀金光的海面引向遠方，也招來了無限遐想。魚塭無數，池池如鏡，天光雲影徘徊其上，映出美麗的圖紋，令人連番讚嘆。這難得的空中俯瞰，我好整以暇欣賞著。

好整以暇欣賞著，一來眼下美景，令人無法擋。二來讓近臨故地一顆波動的心平靜下來。人說近鄉情怯，台南雖不是故鄉，卻也是生命中年輕時光的棲地。這份緣，讓我每次來，心總起起伏伏著。下了飛機，豔陽高照，那屬於南國的熱情如昔。在時代的變遷下，城市有著拓展和繁榮，給人許多新的發現，但一些街道巷弄仍然舊時模樣，彷如當年騎著那「卡啦卡啦」響的腳踏車見著的一樣，有著親切的興奮。

現每次到臨，沒腳踏車代步，就以漫無目的步伐去問候這古稱為「府城」的南方都市。行走逛遊在這曾經居住過的城市，我常懷想那騎車的美好時光。那一老舊單車，曾經陪著騎在校園的系館餐廳圖書館之間，也穿梭許多大街小巷去認識這繁華過的府城。我是非常想念那車，一如懷念那段求學的日子。可如今，這車的最後歸處？竟忘得一乾二淨了。丟了？轉賣了？送人了？幾次用心想找些蛛絲馬跡，總是徒勞無功。多麼祈望這車能如金龜樹那般奇妙，就當自己沒有一點印象時，突然一絲線索閃現，竟浮出舊事來。

或許是這城市素以鳳凰城聞名，豔紅的鳳凰樹很自然盤據我的腦，讓我徹底忘空了其他樹的存在。金龜樹，多年以來我真的忘了，忘了它的樣子、它的名稱。能重拾印象，就在這趟台南行的兩個早上。當我坐定樹下，樹葉篩下的陽光，夏日清晨的微風，幫我翻開了深藏的記憶扉頁。

恍然大悟原來是認得的，失而復得讓我驚喜萬分。就在那瞬間，想起學生宿舍旁就有這樹，繼而牽引出在樹下佇足沉思、背誦那本泛黃的詩集，閱讀筆記等情事來。溫習著舊夢，給了我許多好情懷，於是更歡喜地打開帶來的寫生簿畫起樹來。

多年寫生的習慣，讓自己想走到哪就畫到哪。而能遠赴他鄉寫生，以著新奇安靜的眼和心去換取往後的低迴品味，應該是件深刻的美事。心中總是熱切嚮往著。

首次出島到外地寫生，那是去廈門。雖然只畫了張小畫，但有了美好的經驗，讓我這一次也毅然帶著寫生簿，開啟到台灣寫生的另次體驗。

投宿的旅舍靠近五妃廟。這廟是台南市觀光遊覽的景點之一，原為五妃墓，是明末寧靖王朱術桂從死之妻妾袁氏、王氏和媵妾秀姑、梅姐、荷姐五人合葬之處。廟小卻有特色，四周以牆圍出了一個鬧中取靜的小公園來。園地裡花木扶疏，除榕樹、鳳凰木、臺灣欒樹等，多的就是金龜樹。十來棵的金龜樹形態怪特，渾身一個個大疙瘩，讓人初看有些不自在，但看久了，只覺這樹蒼老有情，似乎也參與闡釋著這古老城市一路走來的悠遠韻味。

兩個清晨的光陰，我在廟園中畫了三張圖。首張畫著廟的屋頂，有著熟悉的馬背燕尾，但紙張小質地粗，無法表現那細緻討巧的面貌。第二次畫了整棵樹，形態可觀，卻總覺得沒掌握其特色。第三張縮小範圍，只擷取一棵樹的分枝部份加以描繪。這局部的樹幹有老成的地方、也有新生的枝葉，尤其是那纍纍的樹瘤，像似包裹著件件往事，藏著種種舊情，讓我畫得更起勁。

畫完三張圖後，就利用一天的下午到國立台灣文學館。幾乎每次到台南市，總會去拜訪這第一座國家級的文學博物館。在活化百年古蹟建築裡，以臺灣文學為主題及作家文物相關的展示等活動令人忘返。尤其，當看到那些孤獨的靈魂在艱苦的環境中仍然筆耕不輟的事蹟，不免使人對著那些舊書頁和手稿嗟歎再三，讓我這平常也喜謅些文字的人深思不已。

匆匆來去，寫生簿雖只畫下一小幅景物，卻積蓄了我對城市的鍾情。當告別這可懷舊久久的地方時，心下暗自叮嚀著：行囊裡放進寫生簿，在往後每次到臨時。

瓊林巷閭

瓊林，這皇帝御賜村名的村莊，流傳著科舉功名的顯赫事蹟，也擁有著「七座八祠」的宗祠、香火鼎盛的廟宇、閩南古厝、節婦牌坊、石刻風獅爺、蜿蜒的地下坑道，自來就魅力十足。

瓊林，這皇帝御賜村名的村莊，流傳著科舉功名的顯赫事蹟，也擁有著「七座八祠」的宗祠、香火鼎盛的廟宇、閩南古厝、節婦牌坊、石刻風獅爺、蜿蜒的地下坑道，自來就魅力十足。這蔡姓聚落和其附近的一些村子，雖曾先後造訪過幾次，卻從未提著畫袋進村寫生。今夏七月初，不顧日頭赤炎炎，就決定先來拜訪這村莊。

那些時日，龍眼樹掛著纍纍卻小小的果實，田地裡高粱稈還托著青穗粒，花生也窩在土裡，一切像似還得經夏陽的殷情呵護，好迎接豐登的來到。太陽，真的無法卸責地照著，熱力十足，大方四送。田地裡、馬路上，墟落中盡是熱情和亮光。等待收成的時刻，村莊在優閒中，一派長夏事事幽的情景。

炎夏裡，鄉村的厝尾巷頭總提供著屋陰和涼風，讓村老泡茶打牌，讓村婦聊短說長，讓孩童嬉鬧遊戲。

的確，那屋陰和涼風是非常醉人的，是讓我踏出家門的理由，也是驅使我勇於約明傑一道外出寫生的最大原因。北國加拿大，多遙遠的國度啊，一趟航程隔夜或隔午的，著實不容易。返國的他只幾日羈留，卻被我帶入村莊的屋陰和涼風裡，跟著走入瓊林的巷閭中。

進了村，先遛達遛達，然後選定對象坐了下來。「瓊林寄民宿」前方屋宇所罩下的陰影裡，涼爽的自然風，吹來了夏季草木滋盛的味道，拂拭著肌膚，沁入了心房。舒暢極了，人就輕易融入村莊的午後時光。

看著身旁的明傑也陶醉在其中，內心頓時感到這趟同行真是難

得！千里迢迢回鄉，時間匆匆，竟跟來村莊寫生，慢慢消磨去描繪著古厝的燕尾馬背。或許這讓他拾回些往昔心中的最愛——繪畫，或許和兄弟去度個不一樣的夏日午後？無論如何，這一下午的相聚時刻，總是值得珍惜的。可不是嗎？想想童稚時兄弟玩鬧場景猶如在昨日，倏然間，各個成家立業，辭根散作秋蓬去，各居西東，各有牽絆。而今，遇這機會能一道出外寫生，確是不容易啊；明燦先前去了台灣，否則三人成行，更屬珍貴。

　　寫生的對象是幾間臨著村邊溪溝的房屋，溝邊有高舉的木麻黃和檸檬桉。起初並未留意，畫了幾筆之後，發現眼前竟有洋樓、一落兩櫸

頭、瓦房、鐵皮屋。在這些建物中，可見到尖頂、燕尾、馬背、拱門造型、磚牆以及不同砌造法的石頭牆等；建築格式和元素是夠豐富迷人。

夏日的蒸騰似乎並沒有隨著時間的推移而減弱。四時多，天依然是晴空一片，陽光依然是刺眼咬人，酷熱依舊是酷熱。有些村民束好裝攜著農具經過我們面前，佇足了幾眼，然後加緊腳步上山下海去。看著那離去的背影，一逕堅定走著，似乎忘記了「熱」這一件事，真讓人起了敬意。

畫了一陣後，我停了筆，起身閒逛。村莊的巷弄縱橫彎曲，風在其間嬉遊。新舖的紅磚道像紅地毯，太陽照到處亮紅耀眼，沒照到的地方深沉赭紅。隨意散步，瀏覽著村戶種植的花草菜蔬，自在看著新屋老厝。有時轉了彎，猛地就撞見打牌的阿公阿婆阿嫂的，好幾雙驚訝的質疑的眼睛同時射了過來，讓我這冒犯的人趕緊頷首示歉。「小心點」，當心中這樣叮嚀自己的時候，怎想到犯到趴伏在花盆磚臺邊的村犬。牠吠叫著，我閃避開了。又是嚇了一跳！時常在鄉村裡遊逛，不期然就是有這些的照面，只因靜悄中，心不設防，偶有闖入，就互相嚇住了。

來到蔡氏家廟，家廟莊重肅穆。我胡亂看了些建築格局形式和裝飾配置，倒是細心去讀高高懸掛的匾額和楹聯，敬仰心油然而生。再站立那「忠孝廉節」四個大大的法書下，想到些社會現象，四字是夠使人沉思的。出了側門，去見那尊嵌在牆上的石獅。石獅的模樣、位置，以及陽光在那麼狹窄處的映照，有著特殊的印象。

轉去十世宗祠，也是讀了回匾額和聯對。離開後，途經一間貢糖廠，有些顧客，我趨近湊熱鬧，買了一些嚐鮮，卻突然想到這麼大熱天的怎吃得下這麼燥甜的東西？留待回家泡茶吧。就手提著到「一座二祠」處，再踱步到藩伯宗祠，也都欣賞了一些匾額對聯的。又見祠堂門口的牆上還留著「主義、領袖、國家、責任、榮譽」五大信念的標語，雖有些脫落，還是叫人想起那標語充斥的年代，心中當然也雜些感觸。

晃回寫生處，明傑和一位村老閒談村里人才輩出，文風薈萃的事。村老說是勤奮的結果，光憑風水而不努力，那是不夠的。一番多順聽的話，讓我佩服他的見識。

第二天又和屋陰和涼風相約，繼續未完成的畫。明傑離金以後，我又幾次躲入村公所後的巷子裡畫古厝瓦房瓜架廢棄的遊樂器材。後來的日子帶些人來村落走坑道看建築看宗祠看風獅爺，另外加上寫生的地方，都讓他們一直拍照，一直說這是好地方。

一棵棵的大樹

——「鄉野畫旅」展覽後語

在山后畫刺桐冬天身影，也曾到湖下村畫著開花的夏季倩姿。而那一場花瓣雨的舞作，給了驚訝，給了我深刻的印象。那一天風大，來到樹下，只見整棵樹喧鬧鬧的，樹枝翻騰，葉子亂顫，花朵落下。紅豔豔的花瓣紛紛如雨灑著，也像彩紙飄下，人像似參加一場歡樂的嘉年華，興奮、驚嘆不絕。

畫展落幕了。展期間，自己多去了幾趟會場，看看自身的不足外，也觀摩觀摩敏達老師、明燦兄的作品。自要展覽以來，心中總是緊張歡喜交互，有所感，想說些話，但就是不知從何說起。到展場幾次以後，一棵棵的大樹在我正當躊躇之際，跳出紙面，給了些靈感，給了回首諦視。

十月國慶時又到后盤山村內兩個午後。這次進村，畫另外一棵老榕樹。四周的屋落把它侷限在窄窄的空地，花崗岩砌合的小土臺又緊緊束縛著底根，看在眼裡，十分難受。擠壓和掙扎在岩石內進行，迸裂的岩縫透露著動盪的消息。掙脫抑制是生命力頑強的主張，不屈不撓終於活成一棵大樹，綠蔭濃密，擁有滿滿天空。仰首看著，葉隙秋陽，綠光點點，令人欣樂。我在簇擁如傘的樹冠下，描繪這麼一棵樹，讓我在這村落繼二〇〇五年秋冬之交畫了環島北路邊的大榕後，記下另一場屬於村樹的飛揚。

那二〇〇五年秋冬之交，微冷的風仍有著秋意的颯爽，已不那麼金黃的陽光，依然遍地。來到路邊的大樹旁，一位村中的老人為我述說這村口老榕的傳奇。他為我細數著戰亂和樹的種種過往，叨說著兒時樹下嬉戲的情景。在他的比手劃腳下，圖成了，在枝間葉縫裡好像藏著些故事，留待我低迴品味。

不只這兩棵大樹，在寫生的行蹤中，許多大樹將歲月流轉的顏彩，存活摧朽的曲折，走筆紙上，嵌入我心。

在最初的寫生簿裡，吳厝村邊的垂垂老榕，就早早佔了一個位置。枯瘦憔悴的枝枒讓初學怯懦有練習線條的好機會，但榕的本色不應該如此的，叫我不忍也不安面對著形銷骨立，也叫我殷切對那還微微濕綠的樹頭寄予信心，希望來年一番枝繁葉茂。可惜，當隔年再度到臨時，樹亡土臺空，人惆悵在靄靄的暮色裡。

與這些樹雖不過晤對了幾日，但見著面就有一份情緣。當畫進紙上，薄薄的紙就承載我的用心，以及所衍生的特別情感重量，於是沉甸甸就容易記得牢。

山后那棵刺桐樹也是如此的遭遇。自光緒以來的悠遠情韻和那艷紅的花朵，令我迷戀不已。一些年的夏天和冬季曾徘徊樹下多次，賞賞花或是描繪那樹影，都帶給我不少的滋味。今年梅雨時節，當準備前往拜訪，不幸的消息傳來，如今，樹不在，但樹影不去，活在紙上活在心版上，只不過帶著傷憾。

在山后畫刺桐冬天身影，也曾到湖下村畫著開花的夏季倩姿。而那一場花瓣雨的舞作，給了驚訝，給了我深刻的印象。那一天風大，來到樹下，只見整棵樹喧鬧鬧的，樹枝翻騰，葉子亂顫，花朵落下。紅豔豔的花瓣紛紛如雨灑著，也像彩紙飄下，人像似參加一場歡樂的嘉年華，興奮、驚嘆不絕。

也曾在賢厝的路上流連一株木麻黃。那樹，樹身大約有雙手合抱粗，三層樓的高。寫生的那下午，密密細細的枝葉在陽光照拂下垂掛著，粗礪的主幹有著風露滄桑的豪情。畫著樹，不時讓我想起島嶼那些風雨飄搖的苦難歲月，和那些清苦的年少時光。

還有在昔果山村郊的松林濤聲裡。松林的深邃靜謐，沉澱著我的思慮。那兩棵依偎的雙松，奕奕的活力氣象，讓我在寫生裡更有領悟，也讓我更有信心走下去。還有那棵長在田地交界點上的孤松，豪放奔肆的枝椏，卓然孤立的形影，教誨著崢嶸不羈的氣概。

官路邊是個小村子，但那兒卻有幾棵大榕樹和廣闊的草地。樹圍在村後，枝叢紛出，蓊鬱茂盛，為村子擋住了強烈的東北風。廣闊的草地在眾樹之前，宛若足球場，村人在其上種植柔綠的韓國草，呈現著社區營造的赤忱。我畫著其中一棵樹的根部，感受到唯有那盤根錯節的底部，才能撐舉那廣披的樹蓋。幾位村人走近看我們畫圖，聊了些話，語氣中，盡是在地人的深情。我趁機讚賞他們能愛護老榕和草地，還有村中那別致的小古厝，那株珍貴的老月橘，以及那尊可愛的小風師爺，在在都引人注目。後來，他們邀請一起泡茶，但因無法停筆，就心領那份濃郁的人情味。

再如後湖村那雞蛋花樹、何厝的黃連木、南山林道的尤加利、小徑下埔下謝厝埔邊各村的大樹……各有不同身姿，不一樣的情味，讓我繾綣不已。

回溯著時光河流，不只一棵棵的大樹的姿采，讓人忘不了。那些也常出現在寫生簿上各景物所流溢出來的泥土氣息，花朵芬芳、海上吹風、松林濤聲、燕尾馬背下的人情……不時或飄散鼻間，或聽在耳際，或貼伏肌膚，或沁入於心，也讓我有著喜悅，有著眷顧。幾年來，我無所逃遁於山林，無所逃遁於歲月，也無所逃避於給了自己一些交代；這豐富了我的生活，讓生命俯仰之間尋著了一些珍藏。

我真的沒想到在生死兩不堪的中年以著寫生的方式，去感知生活了大半輩子的鄉土。一枝筆、一塊軟橡皮擦、一本寫生簿，就走在島嶼的東南西北，走進了島嶼的春夏秋冬。畫著畫著，畫我的心契，畫我的熱情，畫我的自娛。而我始終也知道「小島氣象萬千讓我還沒走盡，琳琅滿目得讓我還沒畫個夠」，但願這份摯愛能一直陪伴，像大樹茁長著，直到人生日落。

多年來，在烈日炙熱下、在寒風淒冷中、在荒田蕪亂裡、在破屋頹廢前，有時孤寂是會趁虛而入的。幸運的是有著唐敏達老師、明燦三哥的陪伴扶持。此次，他們邀約參展，這提攜之情讓我減少膽怯，也加多我的感激。

羅厝街角

陽光從我左後方屋頂上照了下來，由於對面房子的遮掩和彎角的關係，街坊中的屋宇看似受光卻不受光，該是暗的卻亮著。街道路面幾乎都是亮光，這夏陽幾乎順著短街走下去，經過斜坡的家戶，到濱海的路，到漁港，到外海，一直到遠山。

才剛進村，一位騎機車的中年男子看我們提著畫袋，知道要來寫生，就極力推薦一些地方。他說可幫忙呼叫計程車，還可給些優惠。

「將軍堡風景很美，可去那邊畫。」

「去過了。」我們回答著。

「湖井頭那兒也不錯。」

「去了！」

「那去南山頭？」他又提議著。

「去過了！」

臉上有些不信的表情，遲疑了片刻，他又開口說著：「海邊都去過，那到青岐或東林等村莊吧？」

異口同聲都說去過了。男子不厭其煩再介紹些地方，汲汲想做成一筆生意。看我們不為所動，又開口說：「那你們想去哪，就載去哪。」表明決心就是要載客。一副誠懇的態度，讓我們有些為難，但終於還是婉轉勸他趕快去招攬其他遊客。真的我們都去過了，有時展覽有時遊玩有時訪友先先後後就來這島外島許多次了。雖不能說遊遍，倒也都去過他所提的地方。再說一進入羅厝，就覺得可畫的題材不少，只好對他說抱歉了。

時機壞景氣差，大家無不多找機會多掙些錢。不只這中年男子這麼殷勤招呼，當我們一上岸，一些人就簇擁過來，為我們設想這設想那的，希望能載段路，做成生意。但事不湊巧，我們只不過打算在碼頭附近轉轉，遠些就是翻個山頭到羅厝。

在碼頭附近逛了一陣，找不到能擋著仲夏陽光的陰影，於是決定走進村落。順著步道，經過一段馬路，看到小漁港，然後進漁村。濱海背山的地勢使得村屋高低錯落，新房古厝雜處，看來凌亂卻讓我一眼瞧到許多可以入畫的風景。懶得再移到別處了，然後就碰到那騎著機車的中年男子。

在小巷弄遊走，村莊以安靜迎接我倆。沒有人聲，沒有狗吠，寂靜風情中，明燦說了話。這兒，有他一些舊時光，老回憶。曾經在這島教過書，這村莊的一些孩子曾陪他度過那些年輕歲月。他回憶的腳步應該是快樂的，而我看多處都是寫生的題材，心情也愉快。

找著了寫生對象，各自散開畫去。我來到一處斜坡路上，躲在一戶樓房的簷下，將眼前街景引進白紙上。這彎角處涼棚鐵欄曬衣架，雖顯得雜亂，卻也增添了些許的變化。幾枝天線幾條纜線在天上接來繞去，似乎在串聯兩旁人家的和睦情誼。蕃石榴樹和一些雜花雜樹在屋宇中點綴，讓街道更為綠意活潑。陽光從我左後方屋頂上照了下來，由於對面房子的遮掩和彎角的關係，街坊中的屋宇看似受光卻不受光，該是暗的卻亮著。街道路面幾乎都是亮光，這夏陽幾乎順著短街走下去，經過斜坡的家戶，到濱海的路，到漁港，到外海，一直到遠山。

我在簷下靜靜畫著，街景也逐漸在紙面上出現。這彎角處，一上午就籠罩在寧謐裡，一兩輛摩托車呼嘯過去，就少見著什麼人影，少聽到什麼人聲的。有個阿婆開了側門，走來看我縮在屋角做什麼？見我在畫圖，畫她熟悉的住處附近，竟驚訝這也可上畫，甚至還覺得有些美。然後她告訴我有一個孩子也喜歡畫圖，現在台灣的陶瓷公司上班，家裡就有他燒製的大花瓶。當她說到花瓶上的圖真「水」時，臉上洋溢著喜悅，然後又告訴我其他孩子的成就。看來是位教子有成的媽媽，我和她寒暄了些話，稱讚她的孩子幾句，然後她喜孜孜走回家。

陽光已悄悄來到腳旁，熱氣漸上身了，近中午了。

騎機車的中年男子從上坡處來到我身旁。熄火後跨坐在車上傾著身體看了看，誇畫得不錯，我笑笑說只在練習。景氣慘淡的日子裡，無法成全他做成生意，心中有些耿懷，總希望他多少載到客人，好讓自己能寬慰些。

「招攬到客人嗎？」我問著。

「景氣差，一個也沒有！」他淡淡說著。

「這時候是淡季？還是……」

「多少啦！但始終都很清淡。」不待我說完，他搶著去說，語氣是無奈的。然後他指著圖說：「就像這張圖一樣，也沒半個人。」

的確也是，圖上真是冷清。一早上，周圍的住家不知忙些什麼，沒見著出門，行人遊客也寥寥無幾。人不知跑到哪兒去？

「快中午了！該休息吃飯。」中年男子留下這話，然後發動機車走了。

看著離去的背影，想到大局勢惡劣，經濟低迷，物價高漲，升斗小民掙錢真是不易，日子捱著過。再想到沒搭他的車，反倒還讓他送上關懷，一時不知該說什麼好，除了感謝外，還是衷心期盼他有些生意可做。

山村畫展

山村的小畫展，像一場燈謎會，也宛如一次說明會。展示的作品畫成的、未畫好的、速寫的、上顏色的、大幅的、小張的……都不減我們的喜愛和用心。村民擠著挨著說著笑著，也不減一派純樸天真爭相觀看。整間茶行展場沒有明亮的燈光、高雅的佈置、肅靜的氛圍，有的就是茶香、煙味、人聲，和那萍水相逢的惜緣。

2009.1.31
南靖下坂村裕昌

來到山村的第三個夜晚，民宿的主人為我們準備一桌火鍋餐。酒酣耳熱之後，我們打算進行一場評圖論畫，就三天來寫生的作品相互觀賞交換心得。

熱騰騰的火鍋為我們驅走不少日落後山中初春的夜寒。喝著自帶的高粱酒，在山村購買的私釀米酒，也喝著民宿主人應邀餐敘所提來的「四特酒」。三種酒香讓時光醺然，讓大伙陶醉，也讓我們改變主意，將評圖論畫的會場改在隔著幾戶住家的茶行，並邀村民共賞。茶行猶如村子的活動中心，平時，溪這岸的住戶以及對岸的土樓人家總來此泡茶聊天搓麻將看電視。

這幾天，年假未完，門窗上的春聯紅艷，高高掛的燈籠大紅，返鄉的人潮還在，鬧紛紛的新春喜氣各處流動，孩童時常燃放鞭炮加溫著年節的熾烈氣氛。在這等歡愉的日子中，民宿鄰居也正忙碌著一場結婚喜宴，為附近添增不少熱鬧。人氣不歇，熱鬧滾滾，從白天延燒至夜晚。評圖論畫，就在這樣的氣氛下進行著。

吃完晚餐後，拿著作品到茶行，老闆招呼喝茶，先播放一段土樓的紀錄短片讓我們了解他們的村里。播放時，四處的人們已漸圍漸攏，茶香、煙味、人聲雜遝滿屋。播映完後，一場別開生面的畫展就展開了，輪換我們以炭筆和水彩去讓他們看看自己居住地的風情。

明燦先幾句開場白，感謝村民的友善與熱情，然後就一幅一幅上場。

「哇！好美喔。」大家異口同聲說著。眼神中透露著驚喜，卻也有一份不相信——這樣的美怎會出現在自己的身旁或自家住居附近？

「這是輯光樓旁邊的溪流。」住在「潤濱樓」土樓的劉小妹妹搶著說。偌大的土樓住著她們家人和另一戶人家，姊弟沒伴玩，兩人就時常來茶行一帶遛達。

「這是哪裡？」另外一張畫拿出來的時候，一個幼稚的聲音從人群中冒出來，有些怯生生。

「是你家那裡！傻瓜。」旁邊的大人說著取笑著。

我們一張一張拿出來，總是引來一陣又一陣的訝異，然後大人小孩爭先恐後猜是哪兒的景物。大部分都猜中了，少數幾張一時不容易看出引起些爭論；整個會場有時還真像是猜謎燈會。待大家猜完之後，我們就各人的圖做些簡單的解說，人群懂或是不懂，總是聚精會神。

「這一張沒畫完？」雖沒畫完，但人群仍興味濃濃猜畫的是哪角落的景物。到山中已是第三天了，若是扣掉第一天的行程，其實就只有兩天。兩天裡面對許許多多不同於自己島鄉的風景，不貪婪些怎划算？怎對得起需要花費一天走海又驅山的涉跋呢？我動作慢功夫淺，若是在自己的島鄉寫生，兩天的光景大概只有兩張，沒想到面對滿山滿谷滿村的風景，也沒多大的掙扎，見了就獵取就畫，渾身加快之下，竟也畫出四五張來，完成的或未完成的都有。

「東－倒－西－歪樓！」當「裕昌樓」寫生圖一拿出，我這外來人俏皮說著，引來哄堂齊聲笑著說：「東－歪－西－斜樓。」

我趕快跟著複誦一遍，他們臉上露著笑容。其實不管「東倒西歪」的諢稱或是「東歪西斜」的俗名，大家都知道指的是什麼，都可以溝通。這樓真正的名號是「裕昌樓」，從元朝建成以來的數百多年的歷史，讓樓內各層的樑柱歪歪斜斜，有岌岌可危之感。這是村內唯一的觀光據點，觀光客到此繳費進屋拍照驚歎幾聲就走，「點」到為止之下，卻為山村其他地帶保留了原始自然的面貌；這也是我們來此寫生的最大誘因。

「哈！四腳樓前那排廁所也被畫出來。還真好看！」四腳樓原是村子的學堂，已年久未用。樓前有一排廁所，外形古樸好入畫，但所內幽暗簡陋，僅幾條木板可立足，危機四伏，讓我們不由得想起小時候上的野廁。學堂和廁所搭配出一張讓村人嘖嘖稱奇的畫作，讓他們意想不到的主題。

「那是某某人的摩托車。」從安溪嫁過來的茶行女老闆胖嘟嘟的聲音就像她的臉蛋和身材乃至笑聲。當我拿出一張在離茶行有段路叫「下節」的地方所畫的住屋圖時，她不假思索就說屋旁停放的車是誰的。那是一輛車主人要我畫出車牌號碼，而我卻忘了寫上的摩托車。我問她怎如此直接肯定以及車主人的長相？她說一看就知道並描述那人的樣子。她都說對了，這真讓我佩服。為何我會如此在意？只因在畫那輛車的時候，車主人和我窩坐在門檻久久，他就在身旁「指導」，說這裡沒畫說那端線歪了，深怕我將車子畫「報廢」了。在幾番「切磋」之後，畫成了，他對著我豎著拇指說「行」，我笑笑回他說「車帥」，他笑得開心極了。或許是車主人「壓後」，所以才能畫得讓女老闆一眼就認定是誰的車來。

「這是翻身樓。」

「這張是重慶樓。對不對？」

一張接著一張，一幢又一幢的土樓，一幅連一幅的景物出現。唐敏達老師、楊天澤老師、張國英老師、明燦和我，或以清新或以明朗或以細膩或以率性或以謹慎等不同的風格，呈現幾天來所畫的作品給在地的人們，好回報他們的友善熱情。

山村的小畫展，像一場燈謎會，也宛如一次說明會。展示的作品畫成的、未畫好的、速寫的、上顏色的、大幅的、小張的……都不減我們的喜愛和用心。村民擠著挨著說著笑著，也不減一派純樸天真爭相觀看。整間茶行展場沒有明亮的燈光、高雅的佈置、肅靜的氛圍，有的就是茶香、煙味、人聲，和那萍水相逢的惜緣。

再次離開島鄉出外寫生，來到福建南靖的小村子，畫著異於家鄉的居屋景色，卻也擁有和在島鄉寫生遇著的友善溫馨，讓我難忘。

訪土樓畫土樓

圓形方形的土樓一座座靜靜在山腳下，黑瓦頂白夯土牆在暖暖的陽光下益發顯露著神秘的魅力。自古以來，在閩地這角隅地帶，身家性命的保障、宗族子孫的繁衍就繫在這些高大雄渾的土樓上。

畫了「裕昌樓」，畫過「潤濱樓」，也畫了「輯光樓」。到山村的第二天，就沿著溪岸在這三座土樓間流連。

不知是新鮮空氣誘人，或是山光召喚，或是渡海而來的興奮持續發酵，讓大家在第二天清晨就早早起床。曙光曚曨中，沿溪行，卵石的小徑引到「裕昌樓」。當我們在門口探頭時，一位早起的婦人說管理員還沒上班，可進樓參觀，盛情難卻，於是抓緊機會進樓去。天井上穹透不下多少光，樓內一片昏昧闃然，只早起三兩個人在盥洗。斑駁樑柱，門窗暗褐，在紅燈籠照映下，淺淺幽光，迷濛若夢幻。我們不敢打擾沉睡的人們，小繞祖堂，再將安靜還給了樓就離去。

溪流過樓前，岸邊梅花綻放，柳樹低垂，景色宜人，於是就在樓外四周走走。天逐漸明了，人也漸多了，挑擔的、提桶的、抱柴火的、趕車的、曬菜乾的……陸陸續續出現著。溜達些時刻，和楊天澤老師就坐在橋欄旁畫樓，畫著樓前收票處的古厝和半矮的土石牆，畫下進山村的第一張圖像。

這「裕昌樓」是觀光的景點。樓以樑歪柱斜稱奇，那歪來斜去的景象，看了真叫人擔心，但這就是樓被稱為「中華一絕」，也是遊人絡繹來參觀的關鍵。有了這樓「獨當一面」的魅力，幾乎所有的遊客「到此一遊」就走了，因此沒妨礙到村子其他地方仍保有著的自然面貌。走過許多地方，一些景觀常常在經濟發展的要求下被干擾破壞，總叫人扼腕。村子留著些自然面貌，寫生的人中意，也是我們住村的理由。

這樓另有「東歪西斜樓」的稱號，但一般人「東倒西歪」說慣了，常溜嘴以此稱呼。不論是「東歪西斜樓」或是「東倒西歪樓」，仰看那傾斜危險的樑柱，已是膽戰，若登上樓想必另有一番心理負擔吧？第二次進樓是在隔天早晨，那時天較亮，友伴又在樓外畫著，我不請自去遊樓。收門票的人還未到，但樓裡的住戶已圍著祖堂鋪板擺攤，準備營業了。一樓逛後，登上陡陡的木梯上二樓，梯架空隙大，爬得有些小心。順著通廊匝行，還算穩當。上了三樓，走得較戒慎了，時常瞥見那些歪七扭八的樑柱，一時，真的有些心慌意亂。看經過身旁的居民，走得那麼輕鬆，又有什麼好害怕的呢？就這樣安撫自己繼續走，卻聽地板不時傳來聲響，不禁憂心是不是樑柱在顛搖？這麼猜疑，似乎木柱就在動，心也跟著跳；是心在作祟還是柱在搖？一趟走下就如此猜猜想想。陽光漸漸照亮了樓廊，縱來橫去的樑柱含光帶影構成出幅幅美麗的圖景。停步環顧，只覺在這圍合的雄峙高牆內，多的是許多歲月風雨後的生存勇氣和生活智慧，於是沉澱了先前的憂慮，拍攝些鏡頭，就忘了搖不搖動不動的事了。

「潤濱樓」，從寄住的民宿望去，溪水潺潺門前過，溪岸有梅花樹，早春梅花開滿枝椏，清香撲鼻。樓掩映在梅林芭蕉叢間，樓後是綿延的山坡梯田風光。第一天進村後，最先拜訪就是此座方形土樓。

大大一座土樓住著劉家姊弟和其家人以及另外一戶人家，空盪盪的樓卻讓劉家以熱情來填滿來招待我們。劉家姊弟常來民宿茶行一帶玩，彼此就熟了，我們寫生時，她倆是基本觀眾。劉小妹清秀乖巧，是個「小六生」，劉小弟唸「小二」班。那初來山村的傍晚，劉小妹熱心引導我們這些不速之客和從浙江來的年輕人參觀她家在天井中搭建的製茶棚子，有條不紊解說各種器具和工序，並忙著幫媽媽泡著自家茶葉請大家。茶清香爽口，那些浙江來的年輕人當場就買了好幾包。劉家的好客，也驅使我們在第四天夜晚摸黑再度拜訪，泡茶聊天，談土樓談風俗談民情談種茶談製茶談生計。偌大的土樓就那麼一盞昏黃燈光亮著，一燈之外，黑幽幽的，似乎這樣的單純氣氛，使人容易卸下陌生而恍如舊識。這夜，讓幾個異鄉人有個難忘的土樓夜敘。

畫這座「澗濱樓」的時候，春天陽光給人愉快的心情。由於附近人家中午有場喜宴，一早上來道賀的人多，佇足看寫生的人就多，讓我們畫得更起勁。

午睡後整個下午，我和明燦守在「輯光樓」屋後的山坡上。山坡上闢滿著梯田，一畦畦連接直上山頂。翠綠色的都是芥菜田和高麗菜田，餘留著叢叢莖梗的是收割後的稻田，幾畦桂花樹田，然後蜿蜒而上就是茶樹了。山坡上的視野遼闊，沿溪而建的村子一覽無遺。

圓形方形的土樓一座座靜靜在山腳下，黑瓦頂白夯土牆在暖暖的陽光下益發顯露著神秘的魅力。自古以來，在閩地這角隅地帶，身家性命的保障、宗族子孫的繁衍就繫在這些高大雄渾的土樓上。在莽莽蒼蒼的群山萬壑中，土樓傲然聳立，總叫人驚歎，也使人佩服。可眼前這座巨大土樓坍塌的慘狀，卻使我驚心。

早上，畫過「澗濱樓」後和天澤老師就移到這樓前寫生，樓正面完好，高而厚的圍牆加重整座建物堅固的印象。圍觀的村人一再說這樓的過往，說這樓出了一位大人物，在臺灣任過高官，有名有姓的，但我們所知有限，無法證實也無法回應，只好任憑他們說著。他們好心，找人開門鎖邀我們進樓，沒想到轟然而至竟是滿目悽愴——後方整片樓牆坍了。原是口字形的建築物，塌陷成ㄩ字形，樑椽摧折土礫散落荒草亂生，迴異於屋前印象，人不由得驚訝欷歔起來。下午，和明燦就在缺口後的山坡梯田埂邊寫生。午後陽光曬著，將白光映在巍峨灰土牆，陰影籠罩那些頹圮荒涼，耀眼的光黯然的影交映下，似乎在訴說著幾度物換幾度星移的流徙變遷。

這一天快快慢慢就畫了三棟土樓，畫到日頭沉山坡。這看來是有些貪心，但我想下坂村美麗的村景，是容許這樣子的。

下節寫生去

新春時日來到這稱作「下節」的地區，人們純樸友好一如和煦的春陽。兩天下午，我享受著他們的擁抱；那些人那些事，我將不會忘記。

孩提時，沒什麼玩具，玩彈珠和擲瓶蓋、甩陀螺等遊戲，輕易就讓童心在門口廟埕等地爛縵起來，天真無邪的滿足從不憂慮那髒污的泥土灰塵。年節時候，大人三五成群圍聚在破舊的院落草房裡擲骰子，運氣拚運氣，覬覦搏覬覦，讓骰子聲、贏錢的歡呼、輸財的怨歎迴盪在那遠走的時光裡。

在這一天，當我提著畫袋來到這大院落時，一見，遠走的時光，深藏的記憶，都喚回來了。熟悉和親切，使心中連連感慨「像極了」，就不由自主走入他們的天地。

院落簡陋零亂，除了一小塊水泥地外，都是泥土地。四五個孩童在牆角玩彈珠，跪著趴著想彈珠進洞。他們專心玩著，無視我這外人。後來，一個較大的男孩問要不要玩，一時有了童心，跟著玩了兩次，生硬的指法，引來一些訕笑。小孩無心，大人就較有戒意。水泥地上、昏暗的屋裡各有七八個人聚著擲骰子賭錢，兩攤的人將骰子擲得聲聲響。一靠近，好幾雙銳利的眼睛炯炯刺過來，我微笑頷首，他們之中有人認出我是這幾天在溪邊一帶寫生的人，才安心又呼盧喝雉去了。

那熟悉和親切，讓腳步想多些徘徊，讓人想多些回味，但終究還是離了院落。走到對街，毫不猶豫坐下畫院落外的屋宇。這些屋宇斑駁的泥壁、古老韻味的板牆是夠吸引人的，然真正留下我的是這兒有許多人，有著熱烈的氣氛。

人頭在前鑽動，黑壓壓的將我圍著，幾乎擋了視線；我真是受寵若驚，從來沒有這麼多的觀眾。先前院落已人多熱鬧滾滾的，沒想到現連道路上也是沸騰騰的。紛亂的人們穿梭遊蕩，讓我分心，因為不時得叮嚀他們小心來往的車輛。

該來的還是來了。只見三輛摩托車急馳而過，忽然淒厲聲起，一隻小狗被輾了。車被阻擋下來，大家開始尋找狗主人來處理，喊著叫著，才從聚賭的人群中姍姍走了出來。人們往「車禍」那兒去了，紛紛指責年輕人車速太猛，你一言我一語的，逼得那批騎士只說了幾句話，就啞口無言。一番七嘴八舌後，狗主人得了些錢摸了小狗兩把又走去賭了。小狗被幾個小孩抱著，還是「汪汪」哭叫著。

身旁的人散了，剩兩三個小孩和一個大女生。大女生看得十分仔細，像似對畫畫頗有興趣。過了一陣，她說了句：「住了十幾年，竟不知家門口有這麼美的畫面？」聽了這話，自己一點也不以為奇。早先，對於身旁的事物，總是習以為常，看不出有何好看的，有何出奇的。練習寫生後，多了些觀察和用心，就多了些發現。跟她說了些經驗，並強調「這是每個人都可以的事」後，看是個學生模樣，順便問問在哪唸書？

「我在廣州唸外語。以前很喜歡畫圖，但爸爸認為那沒前途，每次畫的時候，都把圖撕掉，都不讓我畫。」女生說著。

自來這畫畫和生計的問題就常考驗著一些人，畫家的傳記裡也經常出現這類的掙扎。當一時聽到她不愉快的經驗，又涉及到前途這麼嚴肅的問題，真不知該如何接話。想想素昧平生，應該是不必談得這麼沉重的。「現唸外語，喜歡吧？」臨時想了這麼一句問了。

「還行。」她簡短答後，探詢我手上的炭筆和畫紙，問是不是進口的？

「紙本是英國的，筆是在泉州買的，上海製造的。」我停了手，將紙和筆傳給她瞧瞧，也讓她畫了幾筆，一絲喜悅就掛在那清純的臉上。看那神情，當下，就將筆送了，她直說了幾聲「謝謝」。希望一截小小的筆，能幫她重溫些舊夢，拾些往日樂趣。

拿出另枝筆，我繼續畫著也說著：「妳家鄉很美，有山有水，一輩子也畫不完。喜歡畫的話，回鄉時有空就像這樣寫寫生。自己畫著玩，也是挺不錯的。……

一年回來幾次呢？」

「過年才回來。」

「那些年輕人應該也像妳一樣吧？」我指著附近一些人說著。

「他們有些是學生，有些在外工作了。」

「在哪些地方？」

「福州、廈門、廣州、深圳這些地方，有些還更遠。」

「妳們都穿得很時髦！」

「過年嘛。」她笑笑著說。這年節，返鄉的人潮，讓山村有的就是人聲，就是熱鬧，就是美麗的妝扮。

和她談些話後，起了身休息片刻。將畫豎立，自己檢視著，也引來人群評頭論足。我將帶來的方塊酥分享給周圍的人，一群人就在路邊吃餅看畫，讓路過的車輛無不伸頭探究竟。

熟些了，當我再度遊走院落時，聚賭的人已無戒心，甚至邀玩玩看，我笑笑搖搖頭。自個到處走，到小孩群旁，先前的小狗已不叫了，孩子正努力逗弄牠玩。

再回對街繼續畫著，觀眾不時輪流陪伴。一位平頭的男子頗有耐力陪了許久，但他吞雲吐霧卻叫我難受。曾一度遞煙給我，我說沒抽，他有些不解。對於普遍抽煙的大陸人來說，是有些難以解釋，但當我告訴他「在三人的場合中，一抽煙就要被罰新台幣壹萬元」，他就露出不可思議的表情。我換算成人民幣大約兩千元讓他知道，他還是捨不得當場捻熄手指間的煙，但應該知道我的用意，只見他猛力吸了幾大口，然後扔棄。後來他要離去了，問我要不要喝茶，我謝說有帶水來。

男子要走時，身邊坐著的婦人要他牽小孩回家。一問之下，她已是當祖母了，是男子的母親。她很高興我將她們家畫進圖裡，雖然有部份在紙外。我稱讚房子有古意，她不以為然說老了窄了。原來她有兩個兒子都已成家有小孩，沒錢購置新房，一家三代就擠住在窄狹的屋子裡。看來是不夠住，所以她說得有些愁苦，我也只得說些人多住起來溫暖的寬慰話。她笑笑著。

不久，男子啃著一根雞脖子回來我身旁，小孩也咬著一塊雞肉在他腳邊磨著。婦人、男子、小孩一家三代就靜靜陪著看畫她們的家，讓我心生著溫馨。我看溫暖的陽光照著他們家牆，就將那兒留白亮些，祈願那也是幸福洋溢透出的光亮。

隔天帶明燦過來，人潮依然鼎沸，讓他頗為吃驚，也頗詫異我怎往這人多的地方寫生？人多雖然有些干擾，但來到這山村，多見識些人，多和些人說話，貼近他們些生活，多了解些在地的情事，會讓自己得些寫生以外的樂趣。單純這麼想，於是又來了。

這下午，空地上仍有一攤人擲骰子，另一攤從屋裡遷來馬路旁。他們已沒戒心，大方任憑我們畫進圖裡。這一畫，引起不少騷動。看畫的人大聲告訴「某某人，在畫你了！」那個人就跑來看，沒想到只被畫了上半身，趕緊再跑回原位補畫下半身。有些人也想上畫，急忙跑到賭攤旁，正襟危立擺出姿勢，但肢體僵硬，面向不對，無法融入情景中，只得用畫筆「糾正」過來。人群走來走去，不一而足的情態，又讓馬路上院落裡喧鬧著，也讓我們度過另一個午後。

新春時日來到這稱作「下節」的地區，人們純樸友好一如和煦的春陽。兩天下午，我享受著他們的擁抱；那些人那些事，我將不會忘記。

溪聲淙淙

幾天來，見了溪上的種種風情，就如幼時在家鄉溪上所見的一般。那溪也有小支流、竹林、撈魚的人們、戲水的孩童、浣衣婦女，更有我捕魚撈蝦捉鰻苗釣螃蟹的身影。

一連幾天我們五個人都在溪岸寫生，熱情純樸的村民東一群西一簇圍觀著，人語聲應和著水聲讓山村都歡愉了起來。

人群中有人說，幾年前也有一位香港的畫家來這溪岸寫生，畫作帶回去後，賣了極好的價錢。這說法是真是假？也無法立即求證，但可肯定的是話中意涵著這兒有好風景。的確，這兒是有著好山好水，不只村裡的人知道，我們這些外來客也不請自來。原先是要到塔下村的，那村，去年的夏天給了我們好印象。當時就約定要來寫生，沒想到，這次赴約，轉了幾趟車，經過此地，臨時就決定下車，冀望能尋訪些沒有事先預約的驚喜，讓這趟寫生之旅能更逍遙豐富些。

就在那下午進村，山迎了過來，溪也接了過來，土樓、梯田、茶園等景致，瞬時就讓人喜歡上了。尤其那一溪水，淙淙流過，汩汩流淌，迷住了來自少河少溪島嶼的我們，於是決定留下。而後幾日就在溪聲陪伴下，順著水流從「上節」

一逕畫到「下節」去。

溪流如「Y」字，一細流彎曲從李厝過來，一從雲嶺山下來，兩支流之間的地區稱為「上節」。水流在裕昌樓交會，過村莊小學後，就是「下節」地區了。這「上節」和「下節」兩地區共構的「下坂寮」山村就沿溪而建，迤邐三、四百公尺之遠。

「上節」地區聳峙著「輯光樓」、「澗濱樓」、和「裕昌樓」等土樓，這些渾厚高大的土樓在梯田縈繞的山坡和溪流之間，也在梅花樹和芭蕉叢的掩映中。溪流從樓前過，也在梅樹和芭蕉叢中穿梭。這地段的水流秀麗而清澈，落花落葉載浮載沉其上，編織著美麗的水面文采。偶爾，山坡上橘樹掉下的橘子也滾進溪裡，或依偎在水草邊，或在溪石旁繞轉，或是隨水流而下；不一而足的情狀，讓溪流更誘人。我曾不只一次，心想脫下鞋襪涉溪，讓水流輕撫腳丫，讓花葉從趾間漂過，甚至戲玩那些渾圓的橘子，讓那些屬於童年的溪流歲月能再活蹦亂跳浮現眼前，但終究還是作罷；我終究只在岸邊想著那越來越遙遠的時光。

兩支流交會在「裕昌樓」處，水面較寬廣，流速也較緩。溪中每一段距離就築著一道攔沙堰，形成一畝一畝的水塘。水塘如鑑，映射出天光雲彩，或是岸邊虯繞梅樹的樹影，或是老幹枯枝的身影，或是土樓與遠山的倒影，莫不引人驚艷和喜愛。一幕幕的水中幻象也使得那以東歪西斜的樑柱受矚目的「裕昌樓」增添了不少魅力。

水流來到村莊小學。作為分界點的學校，只幾間簡陋教室和一個操場，在溪邊守著水聲和年假的孤寂。學校小雖小，校門應景的春聯卻是大方寫著：「筆下乾坤大，書中天地寬」。短短十個字，總叫我每次經過時在心中默誦著，每每感到其意味長氣象大。

進入「下節」地帶，岸上就多些疏密的竹林和桃樹。這地區人口較多，靠山這岸，土樓及其他屋宇依山而建，層疊相間，鱗鱗的黑瓦片和黃土牆在蒼松翠林之間透露出沉重的歲月感。傍水而居，溪流成了人們重要的活動場域。常見村人築土引水作成魚滬，或是在溪石和草叢間架張網，等溪魚進來以後，捕之捉之，也有不少的收穫。小孩子更將這段水流當成水上樂園，三五成群在溪中戲水仗或是捉些魚撈些蝦的，莫不洋溢著驚喜和笑聲。一些婦道人家則常在溪水中清洗芥菜，然後晾曬在竹架上或是圍牆上以待醃漬。浣衣女的倩影也常在溪邊出現，不只有「竹喧歸浣女」的畫面，就是成排蹲在溪邊洗衣服時，她們就已將笑語喧鬧在春陽閃耀的水流上。我們在岸邊看著畫著，她們一點也不以為意，尤其那些從都市返鄉過年穿著摩登的浣衣女子，更是大方要求能畫進圖裡。

似乎是有人住的地方，就有著污染。這地段由於房子多人口眾，多少就浮出了家庭廢水、垃圾污染的景象，甚至新建房子佔據溪道等問題，教人看了有些可惜。我不知村人在不在意？卻讓我陷入那「親近溪川又傷害溪川」的迷惘中。有一溪流動的水，可讓悠悠的山中歲月豐富起來，讓山村的生活多姿了起來，那是多麼可喜的事。但若是在人們環境保護意識薄弱的情況下，這蜿蜒的溪流將會落入何種命運？還會是嫵媚動人淙淙村中過，或是悲歌低吟著人們的無情蹂躪？在寫生描繪之際，常不覺這樣問著。不知是不是和記憶中的那一灣小溪有關？或是……

應該也是掩藏不住對島鄉那小溪的懷念！幾天來，見了溪上的種種風情，就如幼時在家鄉溪上所見的一般。那溪也有小支流、竹林、撈魚的人們、戲水的孩童、浣衣婦女，更有我捕魚撈蝦捉鰻苗釣螃蟹的身影。遺憾的是由於水源竭污染多等因素，多年來小溪已牢牢封固在停車場下，只剩涓涓污水暗自嗚咽著。那屬於童年的溪流已遠走了，那些溪上的事也只得在夢裡追憶了。

山村寫生歸來有一些時日了，幾張溪岸的風景素描已裝框掛牆上，幅幅圖畫隱隱流洩著淙淙溪聲，縈繞耳際，讓我低迴不已。

小徑的午後

那些天的午後，就在歌聲中畫著，幕幕往日情懷的緬想中畫著，心緒起伏中畫著，無盡的話語哽喉中畫著；迥異於一向的平和和專注，讓我幾度停筆，幾度黯然。

2008.7.16 山徑

婦人感傷說著人們搬的搬遷的遷，村子已不復往昔了，甚至還說全村今年單只一個幼生要上幼稚園，聽了，心中有份戚戚然。許多年沒來到這山腳下的村莊，沒想到這一次來，以前生意熱鬧人潮擁擠的景況不見了，多的是寂靜。

印象中村莊的街道上撞球室、冰果室、雜貨店、文具店、洗衣店、小吃店等店鋪林立，音響播著流行歌曲震天價響，招呼人客上門的叫聲此起彼落，絡繹不絕的阿兵哥穿梭在各個商家。一片繁榮的丰采，使此地成了島上幾處拜軍管時期官兵消費而有較熱絡商業行為的農村之一。

進村那日，燠熱的暑氣讓村子有著屬於溽暑的慵懶。斜坡上的街店沒有消費的人群沒有生意可做，幾乎都掩著門，甚至都成了倉庫。鋪著石板的街道，在陽光照射下，亮晃晃得有些泛白刺眼。幾年前所烙下的印象都變了，懷顆詫異的心，踱步去，尋些記憶中的印記，也找找寫生的目標。

蕭條寂寥的況味，讓心情無法平靜，無法不去想些時遷勢轉，也無法阻擋內心一份無奈的發酵。後來見到些村婦東一處西一夥地深匿在樹下或牆邊的陰影裡摘剝著花生，邊剝邊談笑，悠閒和樂。那自然純樸的鄉村景象浮現，安定了我的心，也讓我躲進屋蔭中畫了。

一間黑屋瓦的理髮室，是我寫生的對象。大大的店名寫在牆上，其下開著大窗子，簡約素樸中有著時間洗瀝過的滄桑風貌。在我坐下畫的時候，老闆正和鄰居隔著窗聊天，不解我為何突然坐下來對著他們瞧呀瞧的？做什麼的？後來知道我在寫生，連忙要退縮進屋，我只好請他們別見外。他們就聊著聊著，我就把他們畫進圖裡。

炙熱的陽光照在理髮室的屋瓦上，也在屋後的木麻黃苦苓樹上閃耀，古厝的馬背平房前的照壁也都被照得發亮，在地面上留下了陰影。沒有人此刻願意來分享這夏陽的熱情，留我獨自咀嚼吧。時間在我的筆尖下流走，日影在眼前的地上移動著，但夏天的熱情依然未減，依然沒有其他人影。後來一輛小貨車改裝的水果攤車來了，沿路放唱著〈家後〉這首歌：「……食好食歹無計較，怨天怨地嗎袂曉，你的手，我會甲你牽條條……」挨著家戶唱出了克勤克儉刻苦耐勞婦女的心聲。似乎就是如此一份對家的深情和對另一半的摯愛，終於打動了人心獲得認同，讓兩三位

「家後」的家庭主婦頂著熱出門來買水果。我確信這歌曲在這樣的農村裡，是最容易引出共鳴，是有吸引力的。在心下佩服這流動攤販車的老闆還真會選歌之餘，自己也被觸動了，有些傷悲襲上心頭。

連續兩個下午把理髮室的風景畫完。當我再深入到村中的榕樹下，立即就見曉到大榕樹的可愛，那樹下的陰涼讓我豁然知道先前在理髮室那兒是多麼的熱啊。

榕樹大而厚的冠蓋下涼意沁人，招來大人張羅些小桌小椅的，大家圍坐聊天泡茶，也招來孩子們遊戲踢球玩了起來。大人的說話聲兒童的嬉笑聲，一片喧鬧的景象，

讓陽光只能硬生生地站在遠遠的樹外瞪眼。

當我來到樹下，人們借我椅子招呼我喝茶吃糕餅，濃濃的人情味，使我邊畫邊和他們聊了起來。他們說些村子的景遷物移，語氣中時有著光榮也時有著感嘆。當我看著眼前那群嬉戲的孩童，向他們提及走過許多村莊，很少見到小孩，但在這兒卻是不少。一位婦人笑笑著說，其中有從台灣回來過暑假陪她這位阿媽的孫子，有女兒回娘家帶來玩的外孫。然後她以一種自己都半信半疑的口吻告訴我說今年可能單有一位幼生的事。恍然知道後，讓我想著些經濟蕭條和少子化的事。

嬉戲的孩子玩了一陣子之後，婦人要他們來跟我畫圖。頃刻間，他們搬來桌椅，拿來紙筆，在我身旁跟著畫了起來。看他們認真的表情，讓我心中有著歡喜。大的小的畫完之後都拿來我瞧瞧，我都給一百分，不只小孩雀躍，站在旁邊的阿媽也張著嘴笑呵呵。

賣水果的小發財車又來了。來到樹下，這兒有的是人氣有的是涼爽，於是就駐留久些，那〈家後〉的歌聲也就一遍遍流瀉而來：「……人情世事已經看透透，有啥人比你卡重要……」深情的歌聲，一聽再聽之下，不覺心湖起了一陣陣的漣漪，牽動了敏感，迎來了濃濃的脆弱。曾經，我何其有幸得了那麼一份溫柔，那麼一份鍾愛，那麼一份相隨，卻又何其不幸失去了。曾經，凡俗如我只是單單純純嚮往

「執子之手，與子偕老」，沒想到竟是那麼不可得。那往昔的笑語、往昔的凝眸、往昔的擁抱、往昔的照拂……一切都是那麼美好，但美好不再，都成了回憶，都成了思念。

啊！追拾舊歡如夢裡。

那些天的午後，就在歌聲中畫著，幕幕往日情懷的緬想中畫著，心緒起伏中畫著，無盡的話語哽喉中畫著；迥異於一向的平和和專注，讓我幾度停筆，幾度黯然。

七月中旬離開「小徑」村時，攜回了兩張寫生素描，畫裡存著村莊午後的寧謐，至於歌聲引起的那番牽懷，那無盡之語，就存在心底。

祖母的東洲路

這沙土路，走了幾趟？小腿小腳走疲了幾回？已不復記憶了。現今這路是金城去機場必經之路，水泥路面，汽機車奔馳不絕，路人來來往往，不見往昔的顛簸和閉塞，有時，真讓駕車而過的我，不得不嘆聲再三。

或許是秋季假日午後的寂然恬然，讓我對這舊圖稿多些回顧，漸漸生些感覺，慢慢多了些情愫，於是就從要丟棄的紙堆裡留了下來，並加以修之潤之。

這在東洲村畫的圖稿，自寫生回來就放著，沒想到一擱就六年了。啊！光陰飛箭，令人呀然。嗟嘆之際，再看圖下方所題的時間是二〇〇三年的父親節，對於這樣一個屬於自己的節日來到村中作畫，心上就更有一番滋味，圖也就被留得心安理得了。

圖景是村中的一處菜園。農舍後的園地有著休耕的閑散，橫七豎八的瓜棚豆架，東靠西放的空袋子廢紙板，更增添凌亂。內處牆邊的芋葉亭亭玉立，在其後木麻黃的濃蔭映襯下，翠亮生綠，搶人眼目。兩棵龍眼樹前後守望，使這菜園在十分安靜的村落中更成了一隅寧靜的天地。

這樣的一張畫，除了有節日的意義外，那在祖母故里畫的圖景，恍然之間，讓我生些因緣，多些親切感，直教圖下方那「東洲」兩字，輕而易舉的，就使我墜入往日時光中，想起了那沙土路。

東洲，小時候我時常陪祖母回娘家的村子。長大後，失聯了，已好多年好多年沒進村了，除了二〇〇三年那次寫生外。那村子，兒時的印象是偏僻的，甚至是有些遙遠的，因為我們總是走著路去，走著路回。

孩提時那清苦的年代，島上雖宣稱公路密度高，但水泥路、柏油路卻寥寥可數，一些較偏僻的地方或村子的對外交通，靠的是戰備道或沙土路；這些路雨天濘滯，晴天卻塵土飛揚。再說交通工具也少，沒有私人轎車，也少公共汽車，腳踏車也不多，多的就是軍用車的馳騁，交通可說是不方便的。人們來來往往盡賴著雙腳步行。那時從東門圓環出，可走一段水泥路，到叉路口後往東洲方向就是條沙土路，路兩旁有著電線壕溝和粗礪的木麻黃行道樹，之外就是田畝、畦溝、竹林、草埔和池塘。

除了村子有著婚喪喜慶外，至親的祭日是祖母必回東洲的時日。在這樣特別時日將屆之前，她老人家就進進出出忙碌著。進進出出忙碌著，但以今天富裕的情況來看，那物質貧乏的年代，加上家境的困難，又能張羅出什麼好供品呢？水果少得可憐，即使精緻些的糕餅也不多見。一些粗餅粗糕的，怎就讓她忙碌得有些天？怎像是件大大的事情？原來這是一番孝心啊！

我不知祖母的心情如何，但對童稚的我來說，通常這樣的出門像是一趟遠足，充滿著愉悅新奇。祖孫上路了，祖母挽著裝著供品的竹籃，我常拎著金紙等小物品跟著。平常，祖母總將自己梳理得潔淨端莊，宛若大戶人家的氣質，這要回娘家了，更是將自己打扮得漂亮。一襲深青的傳統女裝，襯出高高的身影，雍容的氣度。而費心多時梳好的髮髻，插著簪花，更流露著標致的風韻。一路上她的腳步專心篤定，我卻不免忙亂。有時我忙著穿梭路樹中，一棵棵數著，練習數著數字外，也冀望在數目的

遞增中為腳力數出信心來，讓自己忘卻路遠腳痠。能否一棵不漏數到村口？那也不是很重要的事了，因為每當小鳥掠過，或金龜子飛出，或蟬鳴叫時，就擾亂了數。童心一被撩起，駐足貪戀好一陣子。有時路旁田畝間的溝渠池塘也都可讓我慢下腳步，那些蝌蚪啊鬥魚的，總使我遐想好久，甚至都想捲起褲管下去捕捉。有些時刻路上的沙土，在愉悅的心情下那可是一塊大畫布，撿起枯樹枝或以竹枝代筆龍飛鳳舞亂畫一地，自我陶醉一番。每每，在這樣停著玩著，總在祖母的催促著才進了村。

雖是像遠足，但說實在話，並不是每次都喜歡同行。當我和玩伴在廟口或門口埕正玩些陀螺、瓶蓋或是彈珠等遊戲時，處在興頭上，而被叫去相陪，那可真是為難。勉強同行之下，路途中那些鳥的金龜子的蟬的魚的也失去了魅力。那沙質的路面就有著拖泥帶水的不情願，讓我邊走邊以腳在地上拖曳出長長的一條沙痕，深深的。但這也是自己找罪受的時候，因為細小的石礫常從鞋子的破洞鑽進，扎疼著腳，讓自己哀哀叫。這樣情況的祖孫行，讓我倍感路遠腳痠，卻也是祖母要一再哄我的時候了。

中午用完餐後，祖母和那些姨婆嬸婆等親戚常在巷子頭聊話，我就在旁邊打盹或是找小朋友玩去。太陽稍斜時，祖孫就踏上歸途。

這沙土路，走了幾趟？小腿小腳走瘦了幾回？已不復記憶了。現今這路是金城去機場必經之路，水泥路面，汽機車奔馳不絕，路人來來往往，不見往昔的顛簸和閉塞，有時，真讓駕車而過的我，不得不嘆聲再三。

真的是有一些年了，村莊變了，道路也變了，祖母也去世多年了。她老人家在世的容顏精神、言談舉止等，有些已不記得了。偶爾，睹物思人，連接上了，然後就浮出些輪廓，漸次想些事來。但一直以來，心上就是烙下這麼段路，這麼樣的祖孫行。

思念如潮
——悼念李國銘老師

騎著獨輪車的優美身影、醫院志工的身影、諄諄輔導學生的身影、在渡輪上勸募的身影、收集寶特瓶鋁罐的身影、撿拾垃圾的身影、居家看護的身影、拆卸零件的身影、送米送錢的身影……豐富了人生的色彩，形塑了生命的意義。

港口的右側山阜有一座廟，廟下一帶的海岸，有軍事構築的坑道。我來寫生過，描繪坑道上的斷崖峭壁，但那已是多年前的事了。噩耗傳來之前，就預想要來這兒寫寫生，畫畫些泊在港中船艇舳艫的風情。當消息傳來的那下午，鬱悶心結讓我就來到這海岸，多了份想看看海吹吹海風以尋獲些慰藉的心理。但當站到這海岸的岩石上，海風呼呼，讓人無法站立，舉步更是艱難。洶湧的海水猛擊消波塊，轟隆巨響，浪花四濺。週而復始，又是驚濤拍岸，又是浪花滔天。心神還未定的當兒，那遠遠的霧，就如匹白布幔奄忽而至壓頂而下，瞬間迷迷茫茫，一片空濛。濤聲迷霧裡，一顆心不由自主就盡想著生命中許許多多的無奈難堪，更想著那人那名字以及那些身影。

後來的一段時日在這港岸寫生，人沒有一向的從容寧靜。

那時節都已夏天了，氣候卻時陰時晴時雨時霧的，讓人捉摸不定，也讓人心躁氣浮。我知道這顆心的忐忑起因不在此，而是感傷的日子裡始終無法忘卻，就像眼前那起起沉沉的潮浪不時迴盪海天間，那人那名字那些身影也不止地浮現腦際。

雖說有著多年的同事關係，但心性的投契卻要有另一番微妙。這一番微妙，讓我不管說好說壞，都會迎來常令我羨慕的那口「瓠犀」的笑。遇說好事，是如此，若是有些玩笑，也不會被認為是在「消遣」人；即使是「消遣」，依然有著巧笑倩兮以對的氣象。啊！宅心仁厚的一個人，經常容許我放肆，讓我說話沒負擔。

但我是不能不莊重的，當那襲「藍天白雲」服的身影出現眼前時，那人虔誠的態度，讓我不敢如往常般放肆，打從心底就起了敬意。這始終理著平頭，臉上堆著微笑的人，先前就認養著育幼院孤苦的孩童，經常為道路公園修剪樹木清理環境，也常諄諄勸誡輔導那些叛逆的學生，更常為窮苦人家送著米糧衣物金錢。而自「發心」以來，更是默默低首行志業，無怨無悔地爭著去幫許多人解決困難，爭著去行善，分擔人的困苦。每逢星期假日，便提著月琴或背著胡琴或攜口琴上了渡輪賣唱，向遊客勸募些錢捐款去。此外深入村莊為癱瘓的病人做著居家照護的工作，不嫌煩瑣地幫著進食、餵藥、擦澡、翻身，默默付出，耕耘著愛心的福田。而去當志工這一件事就更不用說了，多年來，金門醫院、花蓮、新店、大林等地的慈濟醫院都可見那忙碌的身影。人生的快樂和真諦被找著了，退休後更做得義無反顧。

生活自持儉樸的人，食衣住行娛樂的需求是知足和隨喜，經常一盒便當有的只是乾飯加上兩片豆乾些許菜脯些許青菜，卻吃得津津有味。總是小氣對待自己，卻大大方方奉獻著時間心力給島鄉孤苦的人們，給這塊異鄉而成為家鄉的土地。愛心的身影，就是有著沛然的實踐勇氣，於是不計旁人眼光，一桶子一夾鉗，撿拾著地上的垃圾。再孜孜矻矻收集著鋁罐寶特瓶鋁箔包，一袋半袋地載到回收站，圖的是可以做環保又可兌錢助人。再憑著幹勁不怕油污到機車行幫忙拆卸廢棄機車的零件，大粒汗小粒汗轉下螺絲釘卸下鐵片，再一斤半斤地

載去變現，圖的又是可以做環保又可兌錢助人。一而再，再而三，一顆純正的心念，滿腔關懷的勇氣，將那撿拾的身影、收集的身影、拆卸的身影塗上了美麗的光彩。

也是一樣的美麗啊！那騎獨輪車的身影。看來危顛顛的獨輪車要騎得走已是不容易，若要使前進，挺立，迴轉，倒退等各種姿態優雅，非得下些苦功不行。那人起心學了，騎得走了，姿勢優雅了，竟將吹口琴彈月琴拉胡琴等手藝搬上了車，然後騎出了校園廣場，騎上了馬路，騎上了伯玉路，騎上了太武山巔，又騎下了山來。無論在哪一條路上，揮舞打招呼的手和一張喜滋滋的臉，毫不吝嗇地問候來往的路人和駕駛。那頭綁著臉巾，愉快騎著獨輪車，吹奏著樂器的姿影成了公路上獨特的風景。這風景也不時在醫院出現，作秀表演，給了病患一段愉快的時光，然後上了整版報紙。

騎著獨輪車的優美身影、醫院志工的身影、諄諄輔導學生的身影、在渡輪上勸募的身影、收集寶特瓶鋁罐的身影、撿拾垃圾的身影、居家看護的身影、拆卸零件的身影、送米送錢的身影……豐富了人生的色彩，形塑了生命的意義。這些美麗的身影，前前後後在島嶼的某戶人家某一角落出現，也曾在某些人的心靈中駐足過；許多人將難以忘記，一如我。

追思會上，一位弱視的婦人說著家中的困境，自己的無力，受施的各種扶助，以及對那驟逝有著萬般不捨和對那人感激不盡的話語。說著哭著，哭著說著，聽得讓人眼淚奪眶。唉！人生無常，世事難料，壽命也難以公平，能夠做的，就是以一己之力一己之愛讓生命拓寬度加深度。那慈悲喜捨的人，只憑著「做了，就對了」的簡單心要，布施愛心，燃亮了自己的生命，也照亮了別人的生命。

活出了個人風格，活出了生命的價值，那人那名字那些美麗的身影將永遠活在許多人的心中。

永和博愛街

博愛街，一端是環河東路，這路蜿蜒在福和橋、永福橋和中正橋之間，車流總是轟隆轟隆震天價響。另一端是中正橋和永和路，進出台北市永和市的車輛也是擁擠熱鬧。博愛街就在兩端車流中靜靜守著都市裡難得的一方寧靜。

103　永和博愛街

就決定隱遁永和博愛街寫生去。這夏天台北盆地熱島效應發威，千門萬戶冷氣機的排氣、路上無數車輛的廢氣、再加上炙人的暑氣，相乘相加，真是熱逼緊人啊！去何處藏身清涼？躲冰飲店？進咖啡館？逛誠品書店？參觀美術館？遊捷運地下街？這些都是好去處，但一念之間，還是去赴約。

博愛街，一端是環河東路，這路蜿蜒在福和橋、永福橋和中正橋之間，車流總是轟隆轟隆震天價響。另一端是中正橋和永和路，進出台北市永和市的車輛也是擁擠熱鬧。博愛街就在兩端車流中靜靜守著都市裡難得的一方寧靜。

永和地狹人稠路窄，博愛街也逃脫不了這宿命，這窄窄的街道有何魅力？讓我不畏溽暑要去那？這機緣可要從前些年一次的「隨心所欲」的漫步說起。客寓他鄉，就是愛走路，在一些路的街的來龍去脈裡看看店招市集，穿梭在巷的弄的覓些尋常居家的風物人情。一天，當我信步來到這標榜著「永和藝術街」的街道時，心中充滿著好奇，想像街道上應有許多書畫店，或是畫廊，或是裱褙店或是些藝術工作室之類的。可當我走進街道，似乎並不是那麼一回事，街兩旁盡是些公寓住家，幾間早餐店，幾間個人工作室，參雜一間卡拉ＯＫ和一間神壇，金甌女校永和分部也矗立其間。平平常常的街景，讓我一直懷疑這「藝術街」之名從何而來？後來見了「楊三郎美術館」，心中才明白些。

應該是如此這般，我這樣猜想，仍然不免疑惑著：就這麼間個人美術館要撐起一條街的氣氛，似乎顯得單薄些，雖然街道邊上也妝扮了一些複製畫的框座，但走完整條街，只見兩排鳳凰樹，街建築普通，再加上美術館的大門也始終關著，讓人感到藝術的氛圍還是不夠的。我始終疑惑著。然當在早餐店歇腳時，都市難得的寧靜在街路上兩排的鳳凰樹間蕩漾。翠綠茂盛的枝葉掩映，成了一條綠隧道，也成了一條可愛的街道。豔陽在細葉上跳躍，有些不小心從葉隙間掉到地上，灑了滿地的光點，給夏日的早上帶來一份幻想。我靜靜喝著飲料，靜靜看著街景，靜靜欣賞那些樹，塵囂紛亂在路外，我享受著屬於一個人溫寂的辰光，貪圖到一些寧靜，讓我輕易就要求自己要再來。後來又去了幾次，主要目的還是想參觀美術館，一親這前輩畫家的畫作和藝術風範，但館門仍緊閉著，讓乘興而去的我只得興嘆連連，問了鄰近幾戶人，也不是很清楚，往往只能從街頭徘徊到街尾，從街尾踱步到街頭。就這麼一次流連中，心下一念，他日可來此寫生的意念萌生了。

幾次徘徊，幾次踱步，緊閉的大門似乎要冷卻了我拜訪的熱衷，甚至，自己還懷疑自己怎如此一往情深!?為何再而三要來此呢？該怎麼說呢？就說是一份崇敬之情吧。想想在那麼早的年代，一個十六歲的少年，為了成為一個畫家——一個人少能理解又不能成家自立的行業，竟背著父母離家，偷跑上開往日本的商船遠赴日本學畫。學畫歸來，終其一生就奉獻給美術，推動著台灣美術運動的發展，並一輩子堅持創作，酷愛出外寫生，藉著在野外大地和大自然的交融，以表現那真誠感動的自然容顏。這樣的一位畫家，就如在那艱難年代的其他前輩畫家一樣，以繪畫為一生的志業，不畏環境的坎坷，狂熱執著追求著藝術的芳馨，怎不令人感動與敬佩？而在無意間在這街邂逅了畫家的美術館，豈能略過不入？但總不得其門而入，總在牆外探頭探腦。

今夏暑熱中再來拜訪美術館，館門依然深鎖。或許緣份未到？就待他日吧，還是先赴自己的約，買畫紙畫板去吧。

七月中旬的兩個早晨在街樹下寫生。八九點鐘，上班的上班，上學的上學，上市場的上市場，城市騷動沸騰。相較之下，這小街道依然是安靜的，只幾位行人行色匆忙，幾個還在晨運的人各在樹蔭下甩手伸腿的，早餐店寥寥幾位顧客，再來就是幾位街坊鄰居在屋棚下寒暄。夏陽很大了，將公寓牆壁的磁磚照得耀眼刺人。熱氣也漸漸襲上了，周遭的空氣似乎越來越沉滯。沒有島鄉寫生時那通暢的空氣和開闊的視野，但異鄉寫生的心情充滿著大大的新奇，尤其是在這麼個大都市裡。

街景的建築物以公寓為多，非橫即直的線條是容易處理的，屋外的鐵窗冷氣機窗棚路燈等物件雖增加畫面的複雜性，但總體來說，這些都市的產物是硬生生的，幸好那些鳳凰樹擋住了些天光，映照出斑駁的地面，茂盛的枝葉遮了些方格型的公寓屋宇，掩了些生硬，讓景物不那麼冰冷無情。

都市的人們總是忙碌的，步伐匆匆。第一天畫的時候，無人聞問。第二天，兩位學生經過，驚訝叫出「有人在寫生！」駐足幾分鐘，就轉身離去。後來有位穿汗衫的老伯靜悄悄圍了過來，站了一會看一會，然後問我哪兒來？

我回說：「從金門來。」

「金門？我也是金門人。」老伯帶些興奮的語氣說著。永和果真是金門人在大台北的大聚居地，異鄉逢遇鄉親，似乎就這麼容易。土親人親的情誼讓我倆就聊了起來，鄉音讓彼此談得頗愉快。後來要走了，告訴我他家就住在附近，要我「有空來坐坐」。沒留下地址，如何去坐坐？但我卻感到窩心，這麼相遇的老鄉親在遷居異鄉多年仍保有這麼好人客情的傳統習性。

二〇一〇年七月十五日完成了這博愛街的寫生畫，雖今仍有未進館之憾，但我很高興要藉此畫對前輩畫家表示敬意。

收割後的高粱田

一稈稈的高粱和島鄉多麼息息相關啊！多年來為坎坷的小島奉獻，為島民提供福利，應該也可說是島嶼的另一「恩主公」，值得感恩。多少身受其惠的我，不知要如何感謝，就寫生幾幅那高粱田地的形影，以表心中不盡的敬意和謝意吧。

這時際的田地大都已種上了小麥，翠綠向榮的姿顏在春天的天光下，顯得多麼抖擻。偶而，四野一望，一片生氣中，夾雜著兩三畝收割後的高粱田，田裡稀稀疏疏的殘餘高粱稈偎著大片枯草在風中顫抖啜泣。在麥田對照之下，那幾畝高粱田像似被遺棄，多麼孤單落寞啊。

去年夏天裡好幾回就想去畫那鬱鬱蒼蒼的高粱田，想想那根根挺拔的莖稈，密麻寬大的葉片在夏陽下多麼光鮮啊，但人卻出島去了。回島後的日子和友人就留戀在溪邊青嶼各村的屋厝院落間，描繪著屬於村屋的夏日風情。日月遞炤，秋風吹起，高粱紅了，飽滿的穗粒頻頻向我招手，人卻被夏墅的海岸吸引了。那海岸的碉堡岩石海灘細石和雜樹林，甚至海風和落日無不將我牽繫得牢牢的，讓我完成了幾張圖。告一個段落的時候，東北季風狂亂吹襲島嶼了，寒流也來好幾趟了，高粱田收割了，耕作的人們在我的詫異下，迅速為田野換了裝，讓青青的麥子上了場，使得要畫高粱田的念頭就擱誤了下來。

畫高粱田這事，始於多年前在南山林道寫生的時候。一畝一畝的高粱田在林道兩旁延接著，展現著屬於夏季的活躍熱力。當青黃的穗粒結在根根稈端上時，我在幾棵木麻黃間嘗試描畫那無數穗粒泛發出的生命光彩。那一圖景前方幽暗，後方明亮，簇簇誘人的穗粒就在圖中央，明明白白佔著重要的位置，也佔領我的心，讓我開始喜歡去畫這農作物。後來高粱穗紅了，隆隆作響的採收機迅速收獲去，田野的面貌變了，短短的殘稈在乾硬的田土中迎著西風，迎著屬於生命裡的蕭瑟的時刻。這時節，走進田中，在亂七八糟的殘稈裡，畫著殘敗的景象，也畫出心中淡淡的秋涼來。苦心描繪下，那畫讓自己頗為喜歡，卻在大意下，將圖收納出深深的一道摺痕，令我遺憾久久。

幾年來混跡山野，樹木花草以及田地裡的農作物，常在不經意中提醒了我季節的變化年歲的輪替。高粱，這島鄉大面積耕作的農作物，就經常扮演這角色，讓我起了「又是一年了」或是「夏天又到了」之類的喟嘆。不知是不是自己多愁善感？那些景物的變換，就那麼輕易闖入心扉，就那麼硬生生地叫人觸景傷情。可不是嗎？當還在喜悅陶醉那翠綠的山色樹木農作物的欣欣向榮之際，一瞬間，山色黯淡了，樹木乾枯了，農田收割了，人心也沉重了也傷懷多了。就那麼匆匆，一季又一季；就那麼匆匆，一年又一年。匆匆得讓人發慌啊。

這是我第四張高粱田的寫生圖。那是二〇〇八年十一月畫的，距今匆匆已兩年多了，讓我不禁也要嗟嘆一番，那彷如是昨天的事啊！我很清楚記得那些日子在「官路邊」寫生的情景。這陳姓的小村莊位在賢厝到舊金城間自行車車道的路旁，村屋後有一大片的草地，草地旁圍繞著幾棵大榕樹，盤根錯節和樹蓋廣袤的情狀讓我和明燦消磨了一些時日。榕樹群之後，就是起伏的田野，綿延到賢厝一帶。當畫完榕樹之後，站在村民新建置的小風獅爺壇前遠看，一大片收割後的高粱田，和叢叢橫亙在田畝間的芒草。一望無際的視野直截了當攫獲了我的心，雖然盡是橫七豎八的高粱殘稈混合荒草的零亂景象。田地將要休耕些時日了，殘稈也將在翻土機的滾攪下和田土混在一起，為下一季的作物提供養分。休耕又是另一風貌了，趁機下田走走吧，尋些風光來畫畫。單純的念頭一生，就那麼容易跨出腳步。殘稈的脆裂聲不時在腳下響著，起初下腳有些顧忌，後來放心走著。踏裂聲一聲一響就扣出了我內心的一些快活來。走到芒草叢，走到上坡，走到田埂旁，聽著踩聲，也聞著風裡依稀帶來那莖梗裡的草青味，淡淡潤潤的微香混著些泥土的味道，加速發酵我東想西想這作物的一些種種。就這樣一逕在田地裡漫步著，一逕隨興發想，直到我踅回風獅爺壇前坐下畫這幅圖。

這耐旱的農作物何時被移植來這島嶼？移植入島上許許多多人的心裡？胝手胼足與這貧瘠的島嶼共患難？許多人是不知曉的，但這說來是次要的，重要的是有人知道要滴下眉毛上的汗珠要辛苦彎著腰才能割取穗粒才能築夢踏實。島鄉的父老稟持這信念，從播種、除草、澆水、施肥等種植的工作中，莫不辛苦勤勞，莫不盼望茁壯結穗。然後收成時，割穗、曬穗、去粒、篩膜、裝袋、貯藏、收購，道道繁瑣的工序，非但男女要幫忙，老少也要出動。門口埕、村里辦公處的廣場，甚至馬路成了自然的曬穀場，路過的車子成了最佳的脫粒機。不畏溽暑炎夏，不怕穗膜塵埃沾膚的奇癢，家家戶戶所有可用的人力投入，蔚成了清貧年代一大重要的事情，幾乎成為島鄉的「全民運動」。這一切一切只為了兒女的學費，或是為了修建房屋，或是為了娶媳婦，或是為了三餐餬口。沒別的奢望，這些簡單的心願，就讓人們甘願受甘願拖磨做下去。

而今，路上曬穗粒的情形消失了，黃昏時刻此起彼落篩汰穗膜的情狀不見了，酒廠來收購時村莊宛如廟會喧鬧的情景匿跡了，那許多許多種高粱曬高粱收高粱的事就凝成了許多人的記憶。堪回首也好，不堪回首也罷，終究是沒有辦法抵擋那大規模的契作，那翻土機播種機採收機等大型農具的轟隆下田。恁誰也沒料到這農作物又掀起另一波「全民運動」，不但使那釀高粱成酒的酒廠每每成了選舉的主題，酒廠的人事每每成了民意代表議壇爭辯的議題，酒價也每每成了市井小民茶餘飯後的話題，而往昔那忙碌喧騰的情景，也換成島鄉家戶配酒時的忙碌喧騰。大家忙著找戶口名簿印章領酒，忙著推車搬運酒，忙著探詢買賣的差價。領酒的人來了，收買酒的人來了，宅配快遞的人來了，村里辦公處前的廣場一如昔日的熱鬧。

一稈桿的高粱和島鄉多麼息息相關啊！多年來為坎坷的小島奉獻，為島民提供福利，應該也可說是島嶼的另一「恩主公」，值得感恩。多少身受其惠的我，不知要如何感謝，就寫生幾幅那高粱田地的形影，以表心中不盡的敬意和謝意吧。

那段美好的日子

那一段美好的日子，就是有著將人曬得暖呼呼的陽光，兄弟同行寫生，可愛的童言童語。如此簡單平凡的事，卻是難得。

2011.1.29 和明傑在后河寫生 洪明標

初次和明傑一道出外寫生，那是二〇〇八年七月的事。那時兩人頂著炎炎夏陽去瓊林畫村舍巷閭，那時心中也想著不知何年何時能再有如此的兄弟行？雖說現今交通便利，但東西半球遙遙相距，他要回國一趟著實也不容易。沒想到今年一月二十九日再度和他同行，那是農曆年前，我倆驅車到后沙寫生。這先後兩趟竟相隔一年半，真令人驚愕時光飛逝之快。

那天，暖烘烘的冬陽陪伴下，我們先在村莊裡溜達幾處。要過年了，遊子一批批返鄉，島上年節團聚歡樂的氣氛漸次濃了，平常寧靜百分百的鄉村多了些人多了些聲響。然後兩人轉向海邊，還沒走到村後的仙德宮，海風兇猛刺骨，只得快步轉回。

回到村莊，就安身在幾間牛圈豬舍之中，雖然四周飄些異味，但找定了目標，就顧不了那麼多了。他選了間牛舍和株枯木。我卻被一棵木麻黃和一棵光蠟樹吸引，高大挺拔的丰姿讓我深深著迷。圈舍等建物擋住了寒風，眼前景物隨著筆流動，大樹以及廢棄物中的汽油桶舊手推車木板木條床墊破布雜草野花紛紛躍上紙上。一陣子後，當廢棄物在圖中佔了明顯的位置，猛然才驚覺那是堆「垃圾」啊！「垃圾」也畫？自己覺得有些好笑，但當瞧過來看過去幾眼後，凌亂污穢的「垃圾」上了白紙倒也有些美感，這大概就是另一種化腐朽為神奇吧。自己暗自解嘲著。

冬陽繼續作美，將臘盡春來之際的日子曬得亮晃晃暖綿綿的。這一番好意豈可辜負？再來如委屈自己那躍躍欲曬的心願也是不好。一月三十日兩人再度同行，車子東轉西跑地來到碧山。這村莊多年前曾跟明燦來過，畫了村子裡的一幢洋樓，今兒來算是舊地重遊。進了村，「睿友學校」正在整修，我們在屋後輕易就找著對象。明傑畫著一棵枯樹和遠方幾間老房子，有著寂寞的況味。那棵枯朴樹主幹彎曲有型，滿樹葉子落盡的光禿枝枒真是美啊！讓人不得不讚嘆大自然的功力。我在枯樹後畫一棟「樹屋」。這棟古厝真是殘破，樟樹銀合歡木和烏桕等樹木草叢霸佔了整間家業，一座石門框奮力想從其中掙脫出包圍，一堵牆也頑強抵擋著脅迫，以保有本來那紅磚白石的面貌。面對這樣一幅滄桑寥落的景象，幾年來在各村里雖也司空見慣了，但心中難免還是有些起伏。

路過的村民看了我們的畫都稱讚好，聽了心中喜孜孜的。一位村民看後還熱情邀約去家裡坐坐，盛情難卻下，畫完後我倆就去拜訪。聊了些話後，告辭時，他好心指出屋後一間屋子說那是長慶的老家。長慶兄，一位文學的默默耕耘者，勤於寫作，素來為大家所敬仰。又指另那一間說是陳校長的家，另那座燕尾後誰的新家在那兒，西邊那一棟又是誰的古厝……。說出來的個個人物都是各行各業有成就的人，有些我們認得有些只是久仰大名，但總覺得這真是個人才濟濟的地方。對於這事，回程時經過「睿友學校」，明傑佩服這村莊早先能設立學校教育民眾，意有所指說著重視教育必能人傑地靈。我也深有同感。

過年時去廈門海滄揮灑了幾個大字，在那過了兩天年節。回到金門，天空依然晴朗，春回大地了，有天皆麗日，美麗的陽光不斷放送請帖，一顆想去寫寫生曬曬太陽的心毫不躊躇赴會去，明燦也同行了。二月十日的下午我開著車，上這條路拐那條道的，來到了我從未到的村子——山西。

島鄉雖小，幾年來也在島上東跑西走的，但有些村莊仍未到過，所以初抵這地方內心充滿著新奇。村莊沐浴在和煦的陽光裡，溫暖靜謐的氣氛讓我們三人輕鬆在屋巷中漫步。村人用瓦罐鐵桶保麗龍盒等器皿所栽種的花草真是繁多，欣欣然充滿著生趣。小花貓弓著腰躲在花盆邊午寐，安閒自得，人經過一眼也不睜地休憩著，甚至幫牠拍照都懶得理會。來到「博士的家」，三人在屋外議論紛紛猜想應該是某某人。鄰居婦人看我們探頭探腦的好奇心意，出門詢問何事？打聽之下，原來婦人是博士的嬸嬸，博士果然是我們猜想的人。後來她大方拿出鑰匙打開門請我們入內自行參觀，屋子沒住人，沒什麼擺設。三人進了屋，看了兩塊「博士匾」，嘖嘖稱讚後我們樓上樓下逛了逛，然後向婦人說了謝謝，就告辭寫生去。

我們在村中空地坐定，面對不同角度的屋宇大樹等景物。這次寫生可說是特別的，似乎彌補了我先前心中的遺憾。那就在和明傑初

次到瓊林寫生後，在一篇文章中我記下這樣的的文字：「無論如何，這一下午的相聚時刻，總是值得珍惜的。可不是嗎？想想童稚時兄弟玩鬧場景猶如在昨日，倏然間，各個成家立業，辭根散作秋蓬去，各居西東，各有牽絆。而今，遇這機會能一道出外寫生，確是不容易啊；明燦先前去了台灣，否則三人成行，更屬珍貴。」如今，終於兄弟三人成行寫生去，在二〇一一年的這麼一天，在燦爛陽光下的這麼個下午。多麼不容易啊！能不珍惜嗎？「百年隨手過，萬事轉頭空」，漸老相聚能幾回？漸老提著畫袋一起寫生能再有幾次？此去經年又是如何？誰也說不上。

寫生中，四五個村童來了，為我們添加更多的樂趣。他們猶如一群小鳥，迴旋在我們三人之間，偶而靠攏來看看畫，有時七嘴八舌對畫品頭論足，有時在景物前騎車玩樂。我們有時停下筆來，逗弄逗弄一番，故意猜錯他們的關係年齡，或是問問上學的點滴。他們天真活潑的笑語話語，讓我們心不快樂也難。畫完後，邀一起拍照，他們豐富的表情，又讓許多笑聲迴盪在新春的下午。

那一段美好的日子，就是有著將人曬得暖呼呼的陽光，兄弟同行寫生，可愛的童言童語。如此簡單平凡的事，卻是難得。

押畫

我將十元押在「移位的碉堡」前，說詞是「感覺」它將是一張好畫。看著已完成堡體牆壁的質感，讓自己充斥著信心。但是不是一張好畫？那也說不定，畢竟還是未完成。一張未完成的畫，在「感覺」將會是張好畫的「自由心證」下，胡亂給了一個空洞的理由，自己都覺得好笑。

當將到福建南靖土樓和台灣寫生的畫搬出來時，教授要我擱置旁邊，一再叮嚀拿在金門寫生的畫就可以了。我心裡納悶著，卻也只得照著做。

他是明燦的學長，在台北的大學藝術系任教，因要主持一個研習會，所以提早一天來金門。來的那一天下午他倆到野外寫生，晚上時分，臨時起意來看我的畫，真是讓我受驚連連。難得有人來看畫，受寵之際，怎可不勤快地搬出來讓他看個夠？於是從紙箱中櫥櫃上房門後一一找了出來獻醜。

「只拿在金門畫的就可以了？」當拿出些畫放在沙發旁後心中仍迷惑著。眼前的牆壁上就掛著幾張土樓的寫生畫，題材新奇外，那樓高宇壯的氣勢，也是頗讓人稱心的，怎不看看呢？不過說實在的，跨出這島嶼出外寫生次數也不多，大部分的畫作是在金門寫生的，在家鄉泥土的懷抱中孕育的，所以要看這類的畫，那可是容易的事。

一直以來，心態始終是閒閒散散的，總覺得走出屋外到山野水涯走走，曬曬太陽，吹吹涼風，就夠了。看春季的群樹，深深淺淺的綠晃漾在春光下，層層複複地呈現著盎然活力；那夏天的天空多藍多亮啊，雲彩多揮灑自在；那秋天的風，吹得爽朗；還有那暖暖的冬陽，沐曬得村莊裡的花貓土狗那午寐多羨慕人。每當走入田野，心情自在，忘卻塵囂，身心輕盈，彷如一隻蹁躚蝴蝶，有時也覺得是一隻雀鳥，或是一棵樹，一朵野花……此中的趣意，真是「欲辯已忘言」了。再不，在斜陽照著的墟落閒走，和村夫村婦聊話人情，逗村童嬉戲玩樂，也都能尋些簡單的快活。而能不能畫出一角落景物的圖畫來，那已不是重要的事了，所以寫生這事就在有意無意中進行著。

「ㄇ」型的沙發上三人各據一方，面前的電視櫃斜倚著三張圖作，一張是北山斷崖前的貓公石景，一張是赤山海岸的大石，一張畫著舊時「同安渡頭」旁一座移位的碉堡。這三張圖早已擺在那兒多日了，前兩張已裝框是擺著茶餘飯後供自己品賞的，那張碉堡尚未定案，已完成百分之九十，還等著三不五時修改的。

「就以這三張圖來玩吧。」教授一邊說著一邊要我找十元、五元、一元各三枚硬幣。找來之後，三人各持三枚，玩起「押畫」的遊戲——最中意的給十元，其次五元，一元再其次。嘿，這還真是新鮮的遊戲，只是心中突然閃了一念頭：三張畫如只用總價四十八元來論價？真是苦了我作畫那麼多的時間，費了我修圖不少的心力。繼而想想，好玩嘛，怎對自己那麼沒信心，或許真有遊戲的作用。的確，還真是不簡單，這十元五元一元的小額硬幣，多稀鬆平常的手邊物品，當要押在圖前時，真是猶豫再三。不只我如此，教授他倆也是這樣，即使押下，也一改再改，也是夠費神的。看著教授和明燦那認真的態度，這時候，自己有些竊自高興，三張畫不只「48」元那麼輕鬆可押注了。

由於工作的關係，也只能利用休閒的時間，也只能叫自己閒散去寫生，閒散修改著圖，也閒散去欣賞著畫，但久了愛上了，雖還說不上狂熱，卻也欲罷不能。來到野外，大自然真誠無私相待，敞開胸懷迎接我，教我張開眼睛，敞開毛細孔，打開心窗，去觀察去探索去感受。我也懷著一顆真誠謙卑的心投報，或許就是這麼個不假修飾的「真誠謙卑」，在美學基礎不足，技巧不熟之下，讓我輕易就持著「歡喜就好」的簡單要領，單純率直去畫，呼應著田野山林中某種情感，畫著自己的喜愛、畫出自己的快樂。然後，更進一步讓我看自己的畫千遍都不厭倦，孤芳自賞極了；至於圖是好是壞，自己也說不上。

自己也說不上，所以真是無法立即押注。就眼前三張圖來說，各有各的特色，各有各的寫生心情。北山斷崖陡峭，像道高牆聳立在古寧頭海岸，成了天然的屏

2010.6.27.

障。那地方，一場激烈的戰役曾發生著。如今，熾烈的槍火和悲慘的死傷，在平緩的潮浪下逐漸遠去。寫生的那些日子，沙灘平坦，大的小的貓公石錯落堆疊其上，凹凸不平的石頭表面在褐紅色的包覆下，充滿著神秘詭異。我和明燦在那待了幾個下午，描摹那無數坑坑洞洞所散發出的吸引力。赤山大石一圖，見證著島鄉西南海岸岩石的美麗。剛退潮後來到了海岸，在溼滑的岩洞中，面對著這圓形巨石上歲月所雕刻的痕跡。古代高僧面壁，參悟佛理，而我在洞中面對著大圓石，專一地作畫，也有如打坐入定般的境況，寧靜和平，直教洞中的滴水和大石後的巨大浪濤寂然無聲。第三幅「同安渡頭」附近那移位的碉堡突兀立在沙灘上，碉堡和陸地只有些土石勉強「藕斷絲連」著。這戰爭時期的產物，在潮來潮去的海水陪襯下，顯得格外的傷懷。去年六月在這碉堡前，獨自畫著海風海水侵襲所留下的斑駁和滄桑。

教授和明燦已「起手無回」押好了，我游移不定，總覺得幅幅都喜歡，這大概是「護私」的心理在作祟。就在最後的時間到臨之前，我將十元押在「移位的碉堡」前，說詞是「感覺」它將是一張好畫。看著已完成堡體牆壁的質感，讓自己充斥著信心。但是不是一張好畫？那也說不定，畢竟還是未完成。一張未完成的畫，在「感覺」將會是張好畫的「自由心證」下，胡亂給了一個空洞的理由，自己都覺得好笑。相較之下，教授明燦他倆依勝出的「斷崖貓公石」和其次的「赤山大岩石」分析著圖的好壞，他們就嚴謹多了，也讓我增進不少的見聞。

多麼簡單的「遊戲」，多麼簡易的「籌碼」，卻引出謹慎的「押注」態度，這是始料所未到的。後來，三人看著談論著其他幅的畫，時間匆匆，匆促得讓我忘了請教為何只想看在本地寫生的畫。是島鄉的風情迷人？抑或是在地人在畫中流露的感情濃郁？或是……

漲潮的浯江溪口

西流的浯江水一去不回了，那些過往的童稚時光也一去不返了。喚不回的昨日去了哪兒？也只能在夢裡尋去吧，在記憶中找來吧。

2010.5.6 漲潮的浯江溪口 洪明標

每每一段越野單車的運動騎程將結束時，這夏墅海岸常是駐足的地方。有時趕上了天邊絢爛雲彩的寫意自如；有時目睹沉沉的暮雲漸合漸聚；有時來的時候，波波海水正漲；有些時候潮水遠了，海灘上就印我零亂的足跡。看夕陽，看雲彩，看海浪，走沙灘，這海口讓我逗留暫歇，使我心曠神怡。

這海口後長著大片海茄苳、水筆仔等水生植物，蔓衍過去就是浯江溪，那溪，曾經是那些天真幼稚時光的遊戲場。在那些孩提的年代，島嶼是禁錮的，民生是疲敝的。大人忙著生計餬口，有何閒暇能陪著小孩？有何餘錢為孩子買些玩具？困頓啊！貧乏啊！但孩子就能找著地方玩樂去。

那時候，豐沛的雨水和地下水，使田邊的池塘圳溝蓄滿著水，路旁的壕溝也有水流著，水裡有蓋斑鬥魚、水黽、也有著如逗號的點點蝌蚪。抓魚、撈蝌蚪，乃至戲水，使這些地方成了大小孩童的玩樂場。那從村里邊淙淙而過的浯江溪，更是免費的遊樂園，更可見孩子撒野冒險的身影；一溪的水流，在那些流光裡上演著許多童顏的故事，承載著許多無邪的喜樂。

從東洲來的和從后垵來的兩支流在林家花園旁匯合成一股後，經東門里、南門里流入夏墅海域。流程短短，卻是島嶼中最長的溪流。在縣誌裡記載古時舟楫往來的境況，但那是多遙遠的幾百年前的事。在我們遊樂的年代，浯江溪又是怎樣的面貌？那也只不過是條野溪，農夫汲水灌溉，婦人溪中洗滌衣物，家戶的溝水和豬舍的污水也都流了進來。溪兩岸的土堤紛雜批覆著馬櫻丹、蓖麻和喜歡沾人的蒺藜草。隨意傾倒的垃圾堆不時在岸邊燃升著嗆鼻的煙霧。有時溪旁堅硬的苦苓樹上吊著隻繫著幾張冥紙的死貓，或是溪水上漂著一具載浮載沉的狗屍；俗諺「死貓掛樹頭，死狗放水流」的死別儀式也不時在溪流出現著。雖是如此，但溪流有著濾清沉澱的本領，總留些清澈的水域讓我們親近嬉玩。溪岸之後，就是竹林、菜園和豬舍，那也是大家活動野遊的範圍。

單純無邪的心靈不懂得髒亂污穢，也不忌諱那些溺死池塘湖泊的傳聞，更將父母「別去野外玩水」的叮嚀忘了，就是那麼容易被那一溪的流水迷住了，於是大大小小的玩鬧聲讓溪流生動豐富了起來！當晴陽的日子，溪開朗活潑極了，溪水清透透的，溪沙軟綿綿的，小沙洲上的草綠亮亮的，這時踩在水中的腳涼沁沁的直到心裡。天光雲影照著水流，將溪水當成螢幕，變幻萬千畫面，讓人心喜，若再有心撩撥，那光影收束放大的盪漾，真是夠陶醉人的了。再說到捉魚抓蟹的，那更是興奮時刻。捉魚時，有時大家通力合作，先用砂石圍堵成小魚滬，再四下趕魚入滬。若是各捉各的，見了魚兒，紛紛七手八腳追著爭著，一時情急，踩到深水，不但撲空，還跌進水裡，濕了衣服，惹得大家嗤笑。當捉著了，雙手合捧，小小的溪魚晶瑩剔透，在手掌中游著，細心呵護的表情，多年以後還是忘不了的。記得就那麼一次在竹林旁的支流中，撈到一條鰻魚苗，那滑溜刁鑽的游動，讓我的小手應接不暇，那彎曲的線型，到今天還栩栩如生在心版上。至於說抓小螃蟹，那也是有趣。螃蟹常在石頭間爬行，一有動靜，一溜煙就進石頭縫中，久久不肯出來，有時就得搬開石頭找躲藏處，或是拿枯枝直探，甚至伸手進縫去摸，卻往往被箝痛得哇哇叫。

除了捉魚抓蟹外，溪裡也是大伙打水漂的練習場。而當海水漲多的時候，溪流成了游泳池，各自的絕活招式讓溪流喧鬧不已。溪上活動令人迷戀，溪旁那些抓金龜子、採桑葚、烤地瓜、追鳥兒、捕蝴蝶等事，也是夠有滋味的。但「逝者如斯，不捨晝夜」，浯江溪的水一天天地流著，也流走大伙溪上玩的日子，當上學的日子多了，功課重了，離溪也疏遠了。

一些年來，人口多了，住戶也越住越近溪了。溪雖經過幾次的整治，但地下水枯竭了，又沒有高山大湖挹注水源，沙洲一處一處地淤積，長滿著草，死水一灘又一灘，污黑發臭，終成了牛羊的牧場，蚊蠅孳生的源地。淤塞無水，不復往日了，溪流苟延殘喘著，在人們的惋惜聲中，只任潮來帶些水進溪，潮走帶些穢物離去。潮來潮走之際，就寄居蟹、彈塗魚廝守著近溪口處，在秋冬時候，引來些鷗鳥迴翔溪上，但那是最後的風景，當溪流被水泥封成停車場時，終成暗溝了，一條溪流也死了。一條溪流之死，留給人們建設開發和生態環保的孰輕孰重的省思，也給人們親水溪流和停車場的兩難問題。

現今，浯江溪已是一條寬闊的停車場，三、四百個停車位讓大大小小的車子擠擠挨挨著。黃昏時，大人在場上來回快步運動，小孩騎單車兜風。晚上時分，場邊路燈陪伴，散步的人絡繹不絕，有青少年烤肉，有老人們在納涼，有孩童在追逐。物換星移，滄海桑田，新的溪上風貌將烙印在新世代人的心中。而我那流光歲月裡的印象呢？

二〇一〇年五月我獨自在出海口一帶寫生，畫水道，畫水中的網罟，畫海茄苳，畫海草，畫守望哨，畫軌條砦，畫海岸，畫碉堡。當我畫得盡興的時候，心中不禁有著想畫溪流風光的念頭，尤其是那曾玩樂其中的浯江溪，可我到哪兒尋找呢？

西流的浯江水一去不回了，那些過往的童稚時光也一去不返了。喚不回的昨日去了哪兒？也只能在夢裡尋去吧，在記憶中找來吧。

好一片雜樹林

這一方樹林草叢交錯紛紜，在廢棄的碉堡旁生長著，充滿著生意，有的是興盛勃發的聲勢，有的是蟄伏待發的潛力。我貪這些景物的紛亂繁茂，野趣滋生。我也忘不了「春寒料峭」的日子來到這麼個海風呼嘯刺人肌骨的海岸寫生。

原先要畫碉堡另一邊的一棵木麻黃樹，這樹已經是夠怪奇的，但強勁的海風仍然糾纏不清，一直胡掠爛打。凜冽海風沒遮沒攔地狂肆著，人在樹前，已無法站穩，若真要坐下寫生，可得要禁得起那陣陣的徹骨之痛。徘徊一會，後來又在附近東看西瞧的，就找著了這一片雜樹林，心想這疊疊層層的樹林草叢應該可擋些風寒，但當窩在那廢棄的廁所牆下畫著，依然冷颼颼得直打冷顫。

舊曆年的歡慶還不遠，初春的太陽天真爛漫。心想天氣不錯，何不趁假期結束前到野外巡巡禮寫寫生，於是邀出天澤老師一同踏春去。迂迴來到安岐海岸，舊碉堡空蕩荒涼，在時光打磨下，過往的氣氛淡了，悄悄地只剩風中的嘆息。心裡是有些傷懷，但更讓自己難受的是這海岸地帶實在太冷了。大海遼闊，風像似持著槍矛衝刺而來，千軍萬馬般上陣的聲勢，使人無法招架地被刺得遍體鱗傷。心下不明白這是怎一回事？普照的陽光招呼我們來，但砭刺樣的寒風幾乎是在驅趕人？幼時所讀的「太陽和北風比賽」的寓言故事頓時掩入腦際，不禁困惑我倆是不是就如故事中那被戲弄的無辜路人？

想一走了之，多敗興啊。既出了門，豈可掉頭就走？冷冰的氛圍或許可使頭腦更清醒，思維明朗，人更有神了，更何況這一片雜樹林多豐厚，可以讓畫筆進出悠遊。尋出了這些理由安撫，還是找了位置坐下來畫。

這一片雜樹林，真是繁榮，許多植群以自己的姿影聚集在這海岸地域。明亮的陽光灑落在枝椏上葉片間，閃閃爍爍的光影，深深淺淺的綠意，流淌著誘人的野趣。你看，左邊那是九重葛，一大叢的從碉堡的門牆迤邐了過來，串串的枝葉茂盛綴著離離嬌豔的紅紫色的花。有幾條如京戲頭冠上的翎飾般的蔓枝伸向天空，風狂吹枝亂搖，就翩然起舞了幾場快節奏的舞蹈。這常綠灌木植物，通常是綠籬、花棚、花廊、盆景的造型植物，新近在島鄉掩護著許多森嚴的軍營門牆，成了自然渾成的地景，若不仔細看，還看不出偽裝來。濃密帶刺的枝條葉叢隔出了營裡營外，而紅紫色的花就成了美麗的裝飾，讓氣氛不那麼神秘肅殺。這「森嚴中有著美麗」的改變，或許也透露出此岸彼岸情勢和緩，人心對和平的祈願。

早先那兩岸對峙的緊張年代，營區冷峻威嚴，四周圍著鐵絲網阻絕，掛著廢鐵罐鐵片警戒，壕溝裡布置鐵蒺藜、碎玻璃、三角釘伺敵。為了再多層安全防護設施，就遍植著仙人掌、瓊麻等帶針刺的植物，日子久了就成軍事工事的烙記，形塑出一種禁區的嚴厲形象。這北海岸的碉堡旁也栽植了大片的仙人掌，肥肥綠綠佔據著廣袤的地帶，株株偎依擁擠，針針尖銳相向。人若身陷於其中，是難抵禦那無數多的針刺，想完膚而退，是不容易的。

瓊麻這植物耐旱耐瘠，也是有這本事，那生性有堅韌的纖維葉片蒼綠透亮，兩端如鋸齒狀的葉緣和那有如劍鋒般的銳利葉尖，真是劍光燐燐，也是夠嚇人的。眼前只見稀疏幾叢錯落在仙人掌群中，其實這植群盤據在其後，叱吒沙灘

旁，虎視眈眈面對著怒濤的大海。看看：後方有許多高瘦的花莖托著株芽，約三四公尺的挺立之姿，可說是這植群的醒目族徽，顯露一種傲然的氣概。

人被景物吸住，不會分心，就那麼專致投入，忘卻寒意。但有時風穿過林間，雷霆聲響，驚入耳際，震懾了人。這時，挪移一下身子，竟是腳麻手凍，才知風寒的厲害。喚醒了些知覺，忍不住叫苦連天。躲進車內，喝幾口熱水，搓揉幾下手腳，再繼續畫去。可是緊繃的意志稍微有些鬆動，總覺得風聲更大，寒氣更重，手腳更冰僵，心更想離開。鬆懈的低氣壓盤旋又盤旋——回去？留下？留下？回去？有些猶豫，但還是堅持再畫下去。

矗立在這些帶刺的植物之間，那就是苦楝樹，一名「苦苓」。樹在島鄉的山野田邊上隨處可見。春暖澄和時，紫白色的花朵一捧捧綻放枝頭，嫩綠葉子掩映下，如煙霞般的色彩美極了，讓濛濛的春天多了美麗的風景，令人留駐。初秋時，黃黃的核果掛滿枝頭，引來許多小鳥的啄食。但到了冬寒季節，花謝了，葉落了，淨剩樹皮縱列的光禿枝幹遙指天際，黝黑的樹身如焚燒過，疏朗俐落的線條多美啊，那是季節中鄉野裡明顯的視點。我喜歡畫這等季節這般枯枝枯幹的孤挺有力，似乎這樹比其他的樹種更容易讓人感受到來春時那股迸發出來的生命力。

兩三棵木麻黃在遠方，模糊的樹影和一些樹叢當了陪襯。仙人掌前的野花野草，卻不作如此想。不管是我認識的咸豐草和銀膠菊，或是其他不認識的，也都大大方方活著，儘管許多枯木頭壓著，仍努力地向四面八方鋪張著，融入了這片樹林之中。

這一方樹林草叢交錯紛紜，在廢棄的碉堡旁生長著，充滿著生意，有的是興盛勃發的聲勢，有的是蟄伏待發的潛力。我貪這些景物的紛亂繁茂，野趣滋生。我也忘不了「春寒料峭」的日子來到這麼個海風呼嘯刺人肌骨的海岸寫生。

老家後院

老家院落庇護的兒孫長大成人了，宅院也顯得窄了，於是，向遼闊的世界走去，開拓美好的未來，一棵家族生命樹就分枝散葉開展著。只是，時光流轉，生命中的許多人事物不斷遷徙變化，讓在屋牆下寫生的一顆心，玩味起今昔時那些歲月風情，真是感懷不已。

2011.3.4月，母親骨質病痛，
陪侍在側 抽空在老家後院落，畫了
此圖 洪明燦

那棵茶花樹長粗了，撐破了大缸，高過屋頂了，院子的天空相對小了。看到此情景，母親常叨念要將樹移植到空曠的地方，讓樹自由成長去。雖常如此念想，但樹就在她不留意間的日子裡開出了許多花，一朵、二朵、三朵……數都數不完。這時這麼棵繁花盛開的樹，讓她心花怒放好幾天，真要送人，還真捨不得。

這小院子宛若是個小花園，除了這茶花樹外，日日春、繡球花、文竹、百合、蘭花、烏榕等花草，一盆一缽挨擠著，為寂寞深鎖的後院帶來些生趣。這院落角隅，能曬到太陽也能避風，盆盆缽缽的花草始終都是綠意盎然花兒錦繡。如此的「地利」之外，有這等的風光，當然也得歸功大嫂，母親她倆這幾年的移植栽種，總是勤於澆水細心呵護。

三、四月的時候，母親骨質疏鬆病痛，住了幾天醫院後，回家靜養，就由家人輪流照顧起居。晚上或著是假日我都回老家陪著她，陪說些話，看些電視，趁空，自己就改些作業，看些書，修些圖，也在老家的屋牆下寫生。

幾年來，都在山郊野外或是在各個村莊裡寫生，沒想到自己所熟悉的老屋院落竟也有上畫的好風景，怎都忽略？真是不識趣。這大概是親狎則慢的毛病，一般人對於身邊所熟識的事物，司空見慣，往往就忽視，甚至忘了其存在。今在陪侍母親的日子裡，一看到那些花草就上了心，找著了題材，就坐下來畫了。

暮春的陽光從周圍的高樓隙縫中照進了院落來，花草一片明媚，多美啊。可當描啊畫啊之際，親切的屋宇院落，竟讓我有些陌生起來。怎會是這般寂靜？那些喧騰的語聲，那些走動的人影，怎今兒都消失不見了呢？

這不是往昔一大伙孩童捉迷藏嬉戲的地方嗎？幾間平房瓦房幾乎就將這院落圍成一個「口」字的格局，只在右邊留了一缺口出入。房子分屬各房族親，因各自的需要，不是當廚房就是作為浴室或是草房。這些房子低矮，但低矮也有低矮的便利，夏天的時候讓人較輕易爬上屋頂曬花生或其他物品，也容易摘取延藤而上屋結實的南瓜。這後院封閉，又在老家巍峨的兩落大厝之後，可說十分隱蔽，是我們小孩捉迷藏的躲藏處。但這後院如甕，只要缺口一站，躲的人無處脫逃，就落入「甕中捉鱉」的命運。童真的心靈怎知道這並不是個藏身的好地方，但大夥卻能玩出樂趣來。

那童真的時候距今是幾個寒暑呢？十幾年前？還是數十年前呢？在我心中，那不就是昨日的事嗎？那些蜷伏屏息暗處的身影，還有那些尋獲人的驚叫聲，甚至那些爭吵的嘈雜聲不都歷歷在目在耳啊？怎眼前卻是靜悄悄的？只有畫筆沙沙微響，只有暮春的陽光曬著，只有盆缽裡的花草，只有晾曬的衣物和一個我。

捉迷藏的孩兒到哪兒去了呢？時間的魔力，讓孩童長成大人了。在成長期間，那一天又一天，一月又一月，一年又一年多緩慢啊，童騃無知的嚮往莫不盼望能快快長大，好進入成人的世界，讓自己擁有更多的自主權利。好不容易由幼童，而少年，而青年，而成年，一階段一階段成長茁壯，然後，就那麼一天，驀然回眸，悚然驚覺那一路走來，怎只是倏忽之間而已，幾年的光景就這麼過了，不禁詫異「流光如駛」，甚至這「駛」字都無法形容其快。一大伙玩捉迷藏的孩童都長大成人了，娶妻生子，成家立業了。由於工作或就學或是其他原因，有的遠渡重洋，移民異國；有的遷居台島，謀求生計；有的在島鄉另起新居，搬離老厝。

子孫出外去，父老輩相繼衰老凋零，不復往昔那人多熱鬧的景象了。從此，後院靜了，大厝也落入寂寞冷清裡。

老家的兩落大厝高聳堂皇，將近百年的歲月，散發著歷史的魅力。早先，在同一路街上，也有幾座同等格局的古厝，但塌毀的塌毀，改建的改建，如今，就剩老家古厝在四周水泥樓房的環伺下，獨立咀嚼著孤涼的苦澀。這兩落大厝，在全盛時期分住四家人，不是「祖兄弟」就是「公兄弟」的關係，就讓大夥聚居在這祖先遺留的古厝內。男女老少共有三十幾人，人口可說是夠稠密的，擁擠雖是擁擠，但也帶來熱鬧。

在那些時日，那些炊飯燒菜的時刻，這家飄來米飯的清淡香，那家送來燒肉的濃膩味，夠讓人垂涎。那些用餐的時刻，大廳擺桌，前廳也擺桌，各家用餐，有時分享，其樂融融。還有那些小孩玩捉迷藏的時刻，那些圍圈坐說故事的時刻，那些共同做功課的時刻，那雨天玩紙船的時刻，那些炊糕蒸粿的時刻，那祭拜祖先時的張羅，那年節歲祀的歡慶……在在都人氣沸騰，歡鬧滿室，都使人回味無窮。但人多口雜，人多有時也糾紛多，尤其是小孩子因遊戲而起的齟齬也不時發生。於今，不管是熱鬧歡慶的，或是糾紛齟齬的，就那麼戛然而止，倏地匿跡不見，只剩滿屋子的空蕩寂寥。

茶花樹長粗了，院子的天空小了，需移植更空曠的地方自由長去。老家院落庇護的兒孫長大成人了，宅院也顯得窄了，於是，向遼闊的世界走去，開拓美好的未來，一棵家族生命樹就分枝散葉開展著。只是，時光流轉，生命中的許多人事物不斷遷徙變化，讓在屋牆下寫生的一顆心，玩味起今昔時那些歲月風情，真是感懷不已。

青嶼小樓

聽老一輩的人說，古早起造屋厝要經三代人的努力才能完成：祖父輩開始存錢，父親輩的購買建材，子孫輩才鳩工蓋屋。或許並不都是如此艱辛困苦，但某種程度上，正說明先民吃苦耐勞地將一幢幢的屋宇建在這東南海隅的小島上是件不容易的事。

不知這是「護龍」殘餘的部份？還是古厝的哪一部份？或是獨立建築的小樓房？我邊畫著邊猜著。察看樓房前的空地，那應該是座大厝的基址，但現在鋪著石板，反成小樓房的門口埕了。樓小埕大，雖然奇怪，但這幢小樓房魅力十足，擄獲了幾位我認識的在地畫家的心，大家竟然先後都看上它畫上它。別人不說，身旁正畫著的天澤師就迷戀著它，一畫再畫。

來到村莊畫小樓房，是兩人在熱躁的五月已走到不想再走的最後結局。原先的目的地是西園，當我們在村子裡找著了題材，坐下要畫時，旁邊工程施工了，鑽孔機隆隆聲大響，震耳欲聾，只好收拾走人。經語坑進村找一找，到官澳也尋一尋，都沒找到目標，最後竟奔來青嶼。

青嶼這東北海角的村莊，曾來過多次了。何處有廟宇？風獅爺在何處？宗祠在哪兒？洋樓怎樣子？村子的路怎樣繞轉？何處有菜圃？何處有頹廢的老厝角？小樓房的面貌如何？大致也都識熟了。兩人進村，走到小樓房前，只見滄桑感比往昔更凝重了，心想再不動手畫，他日，等坍塌剷平，可只有遺憾了。如遇故舊般的親切，就毫不猶豫坐下交心了。

坐在埕邊陰影下新擺放的石桌椅畫了，頗舒服的設施讓我免去沒帶椅子的苦惱，但要受其限制，就要正面直對著景物。那是較不容易分辨縱深的，若不想受拘限，卻要移位在太陽下揮汗作畫。想來想去，還是乖乖坐在石椅上。近些年各個村子紛紛冒出許多石桌椅，三五步就可見其蹤影，甚至好幾個頭腦都想不出來的地方，人們都能將其擺上了，真是可愛極了。但，每每見著不是石桌陪著石椅，就是石椅伴著石桌，那清清冷冷的形影，不禁讓我好奇村人會在什麼時候來圍坐話桑麻？又有多少個村人閒著會來圍坐？現今石桌椅幫著我的忙，還是有些作用，倒見我的多疑，真是失禮。還是專心看看小樓吧。小樓房的顏容更疲憊了，屋瓦更殘缺了，牆面更斑駁了，石條更歪斜了，草樹叢從屋內長出了，封窗的木條依然緊緊蒙著如眼的小窗。陽光下，沉重的歲月感更加刺目，心頭不覺有著涼意。

聽老一輩的人說，古早起造屋厝要經三代人的努力才能完成：祖父輩開始存錢，父親輩的購買建材，子孫輩才鳩工蓋屋。或許並不都是如此艱辛困苦，但某種程度上，正說明先民吃苦耐勞地將一幢幢的屋宇建在這東南海隅的小島上是件不容易的事。

幾個年代過去，飛揚的燕尾或安穩的馬背大厝，庇護著島民的性命財產，終成了島上建築物的表徵，在閩南地帶閃耀著光彩。曾經那些美麗的弧度，在天空交織出動人的天際線，那光潤的紅磚和晶亮的石條是多麼醉心的顏色。這番雍容的氣度，迷人的風華卻抵擋不住歲月風雨，抵擋不住炮火，抵擋不住人們的身家遷徙，更無法解開共有承繼糾結的細節，種種的因素讓古厝老屋衰老，容顏褪失。當屋厝沒人住，沒人維護，瓦破了，樑斷了，牆坍了，這時，灰塵蛛網接收了，草樹進住了，鳥築巢了，貓狗穿梭其中。昨日煥發的氣象成了今天人

去屋空的窘境，徒留斷垣殘壁草樹叢生向著夕陽。

草樹成為居屋的新住民，這是多麼不搭調的事，但村莊就是這兒那兒錯落這般的景象。斷垣殘壁圍著草樹蔥蔥，像座座大盆栽妝點村景，這景象，不免有著傷悲的詠嘆，卻讓村子有著另一層難以言喻的美感。說是滄桑美也好，說是荒蕪美也好，說是殘缺美也好，這類景觀常是我下筆描繪的對象。那斷壁廢牆的質感色澤，那草樹縱橫交錯的線條，那破敗老殘之中生綠盎然的對照，都讓我取材讓我下筆。或許，在如此沉重傷感的景物前，不捨的情懷大概也只能如此了。

不知道是不是因為觀瞻或是衛生的關係，或是其他因素，近些年村莊這坍塌頹圮的景觀少了，多出了許多小鐵皮屋和水泥空地。原來是那些倒厝破屋被剷平了，為了安置原屋裡的神明和祖先神主牌，權宜之計就蓋了小鐵皮屋作為安身之處。許多小鐵皮屋孤單突兀立在村子各處，空出的地鋪上水泥或鋪上石板，周圍的村路巷道也鋪上水泥或石板，村莊煥然一新極了，只是那麼多地鋪上水泥或石板，好走是好走，有時走在其上，一大片反光，常有眩目之感。在蛻變了，新屋幢幢築在村莊周遭的田間，村子裡水泥地石板地多了，三五步就可見石桌石椅也多了，但古厝老屋卻逐漸消失了。

在村莊裏寫生，時常會碰到這樣的問題：為什麼不去畫新蓋的樓房呢？新穎的設計、閃亮的磁磚、花樣的鐵窗，那是多麼漂亮啊！怎都去畫那些破房子，老古厝？破破爛爛的有什麼好看的？面對這樣的質疑，有時真也不知從何解釋，就以「古厝較美」一語帶過。這「古厝較美」深藏著對往昔的眷戀，島上許多人都擁有的一種深情。

島嶼上傳統的民居有著許多的型制，不論是一落二櫸頭、一落四櫸頭、三蓋廊、乃至番仔樓等都是先民安身立命的地方，有著豐富的人文意涵，有著醉人的丰采。這是島嶼可貴的資產。試想想，滿島滿眼盡是燕尾馬背的美，那是何等的景致？何等的風光啊？何需去煩憂識者之不來呢？

就是有著美麗的記憶情懷，讓我義不容辭說出「古厝較美」，也讓我樂此不疲畫之描之。

三樹之間

三樹之間，一灘水泥率意鋪出塊簡陋的地板，那張破舸的工作木桌子是中心，那些椅子桶子以及瓶瓶罐罐的就散置在旁。十幾張椅子，有塑膠的、木製的、鐵做的、石頭的、圓形的、方形的、靠背的、沒靠背的、高的、低的，各式各樣，真是看得眼花撩亂。

「如果有人在場破蚵，那多好！」天澤老師看了空無一人的場景有感說著。

「那該是件多美的事啊。」我深表同感接著話。若有幾個人在此處破蚵，這兒將是熱鬧親切的，畫出來的畫應該會更生動有趣，但這時候也不早了，太陽越來越大了，誰還會來破蚵？雖然心中也有些遺憾，但已經在附近兜走幾圈了，一直找不著對象，當走到這廟前三株木麻黃樹下，清涼上身，顧不得有沒有人有沒有在破蚵就將畫下了。

來到烈嶼將近九時了，再到松柏處叨擾了一會，一行人才趕去和蘇教授會合。教授先一天來到這海天一隅的小島，夜宿島上，說是要體會島嶼的風土情味。我們在民宿旁的高處找著了，教授已早起畫了兩張，大方秀給大家看，俯瞰的視野加上圓滑順暢的線條，別有情調。後來由於陽光熾烈，就由松柏帶隊移往他處，轉到這上林將軍廟，也讓我無意間就找著了這三棵大樹下村民破蚵的地方。

三樹之間，一灘水泥率意鋪出塊簡陋的地板，那張破蚵的工作木桌子是中心，那些椅子桶子以及瓶瓶罐罐的就散置在旁。十幾張椅子，有塑膠的、木製的、鐵做的、石頭的、圓形的、方形的、靠背的、沒靠背的、高的、低的，各式各樣，真是看得眼花撩亂。這麼多的椅子，再加上那些桶子瓶罐等，是夠瑣碎的，畫起來是辛苦的。或許就是樹下清涼，讓我就坐定就上手。若不是清涼，那網狀的吊床怎會在兩棵大樹間晃悠晃悠著？若不是清涼，那兩位掃地的婦女怎放了工作，跑到樹下納涼來，並一再和我辯說畫的景有何好看？這景她們天天都在看，一點也不稀奇。清涼卻讓她倆都不肯走，也因此有較長的時間讓兩人從容地看我作畫，然後邊看圖邊對照景物地稱讚起來。越看越有味，兩人真是捨不得走啊，後來像是管理員的人來了，只好悄悄離開了。

眼前這十幾張的椅子如果都坐滿人，大伙忙著破蚵，忙著聊家常，忙著說笑，想想，那該是一幅多麼喜鬧的樹下蔭涼圖啊。今日沒遇著，就讓自己畫一幅悠閒的樹下圖，或許這時是一場工作之後的休憩時間？或許是忙碌即將展開的前置時刻？正當我胡思猜疑著，一位蚵民用推車馱來四袋海蚵，一股腦放下，又匆匆往海邊走去。過午之後，想必這兒將有另一番景象了。

蘇教授、明燦、天澤三人畫好就相繼來到樹下。他們畫著八開本，我卻是四開本，較大的本紙，讓我必須動作快，甚至只能簡單勾勒，否則影響了大家的行程。大略草圖完成了，我收拾好後，一行人就到烈嶼鄉文化館。

文化館真是小而美，幾乎每次到島上總是要去造訪。這館收藏許多民俗文物器具，古樸老舊中件件散發著先民刻苦耐勞的濃濃生活情味，每每總教人生思古之情。館內二樓有一展廳，適中的場地可舉辦中小型的展覽，讓來賓參看時，不至於太傷神。這文化館除了民俗文物的長年展外，也常舉辦各種藝文展覽，出版鄉土書籍，從事地方耆老口述歷史的收集……為傳承和提升鄉島的文化而努力著。如今，這文化館已成遊客駐足參觀的亮麗景點，也蔚成鄉島的藝文中心。這斐然的成績，背後雖有著許多因素，但那群退休或在職的公教人員以及一些地方人士的齊心合力，是成功的主要關鍵，是我深深感佩的所在。

進了館，見了林水綠校長、林馬騰先生、林福德先生、松柏、松江兄弟等人，他們都是熱心地方文化事業的人。一時館室擠滿了人，也多出許許多多的話語歡笑。相聚中，我們四外來客各獲贈《福佑上林》一書，信手翻翻，圖文並茂，資料豐富，真使我對這些有心人愛護鄉土的用心，再次感佩不已。

中午餐罷，我們四人就到松柏店裡二樓歇腳茶敘。這二樓雅致，真可說是「別有洞天」的一個迷你展場。四面牆上掛著許多文人雅士的書畫作品，桌上也經常擺放著題上字燒製的瓷瓶瓷盤的，滿室的藝術氣氛，總是令人驚艷不停。這些藝術品許多都是洪氏兄弟的收藏品，除了自己把玩外，他們也樂於提供眾人來欣賞。洪氏兄弟性情溫和，待人誠懇，熱心事務。幾年來，承繼著父祖輩貢糖糕餅事業，一步一腳印經營拓展，打響品牌，讓「金瑞成貢糖」有著好口碑，成了近邇聞名的商號。難得的是，兄弟二人生意有成，平常也愛好藝術，喜歡收藏，更能虛心領教，自有一番和一般生意人不同的氣質。

下午的目的地是「L56」據點。我們下到海邊峭壁旁，向前一望，水頭到湖下一彎海岸在望。陽光正照著那兒，燦亮極了，亮得景物有些刺眼。水頭港忙碌，大小船隻進進出出著。山壁旁有些窒悶，倒是湧來湧去的海水給人些涼意。在這海岸大小岩石上，各自找景畫去，有的定點坐著畫，有的散點透視不時移動搜索景物入畫。當輟筆時，山壁的陰影越罩越廣，涼風也越來越多，峭壁旁大磐石上論畫切磋了。四人共十來張的畫，各自輪流展示著一天來的成果，不受拘束說說意見評評優缺，在海浪和海風的低唱下，這海邊石上的談話輕鬆又愉快。

從早上初見的三棵木麻黃畫起，來到下午岩石上論畫作結，一天就在這島外島畫著風景也分潤到那些熱誠的人情。雖然人曬黑了，但就這麼過了實在的一天，心中知足快樂。

古崗湖畔

一角落的小山水總給著小滿足，一小滿足卻時常讓我生出大幸福。或許當人內心的需要越來越少時，自然而然就落入此境地。這時，夫復何求哉？就專心致志畫吧。

東漢嚴光年少的時候和劉秀是同窗好友。後來劉秀即帝位為光武帝，嚴光不受舉賢當官，歸隱富春山，耕釣以終。後人就將其在富春江岸釣魚的地方，稱作「嚴陵瀨」，傳為千古美事。這隱者的山水，令人遐思。

南朝梁人吳均在「風煙俱淨」的一個好日子裡，遊覽了富春江。「從流飄蕩，任意東西」的逍遙自在中，江水的清美、山峰的峻奇，讓他有著「鳶飛戾天者，望峰息心；經綸世務者，窺谷忘返。」的感懷，於是捎信給好友宋元思，也流傳給後人知曉那是美麗的江山。這是文學家的富春山水，值得再三玩味。

七月三十一日中午，從台北盆地的南邊搭著公車來到故宮博物院。一進院，售票口貼心寫著：「欲參觀山水合璧，須排隊等候兩到三小時。」這檔展期的最後一個下午了，既然已大老遠跑來，就癡癡排隊等候吧。

原先以為展期到九月上旬，一直惦記到時再來參觀，沒想到這日是那「剩山圖」最後一天展出，過後要回大陸浙江省博物館了。當近正午時分聽到這一番原委後，就急忙趕來。這「山水合璧」展的是黃公望的《富春山居圖》。黃公望，元四大畫家之首，八十二歲時卜居富春江畔畫下了此圖。這長卷的山水圖自來就不凡，又有著曲折輾轉的收藏故事，讓人傾心不已。這圖在明朝吳洪裕之手，有爐火焚燒

斷成兩卷的不幸遭遇，而後到兩岸分治，五十一點四公分長的《剩山圖》在浙江，六百三十六點九公分的《無用師卷》藏在台北故宮博物院，兩卷遙遙相對，令人惋惜。如今能相聚台北，合璧展出，機會難得，怎能錯過？

老老少少，男男女女像似朝聖般排隊等候著，人龍彎來彎去成好幾折。明燦真是有心，早上知曉要撤展的消息，中午搭著飛機也趕來了，排在我之前三、四折裡。隊伍中有的看著書，有的說著話，有的聽著音樂，大家亦步亦趨跟著，有條有序。在我前面的是從國外回台的兩位婦女，她倆正在學國畫，聞知要撤展，就相約趕赴。在我後頭是一對夫妻，特地帶著子女來增見識，也順便要完成有關的暑假作業。由於長時間排隊的機緣，讓前後左右的人彼此容易說上話，天南地北就聊展覽，談學校，講孩子，好排遣時間一分一秒快流走。

終於進了場，昏暗微光的展室，黑壓壓都是人。滿場除了竊竊私語外，多的就是那些服務人員「請把握時間！請往前走！」的催促聲。其實不用那麼頻頻的叮嚀，因為觀眾就好像站在輸送帶上，不必走動，隊伍自然就將你往前送，想多貪婪幾眼，多逗留一陣，那可不容易。整個參看行列幾乎無法停下腳步，聽解說沒辦法聽個完整，看畫卷就是那麼瀏覽而過，就是那麼匆匆，說來也是有著遺憾。遺憾雖是遺憾，但在那匆匆幾眼的「掃描」之下，整幅長卷氣清意淡的氛圍、用筆的靈動有致、物景的變化豐富總是引人入勝。就在那些峰巒坡石和淺渚平沙裡，畫家的富春山水高蹈出塵，叫人嚮往。

一江富春山水嫵媚多情，滋潤著隱士、文學家、畫家的性靈，讓他們多份淡泊自然的心，多一份這樣的心境，生命就多一份自在快意，這真叫人羨慕。

何處的青山不嫵媚？何地的江水不多情？如何才能找到自己的山水？

瀏覽過《富春山居圖》後，緊接著「黃公望書畫真蹟」，再看「黃公望的師承與交游」，再看看「富春山居圖臨仿本」等展示。美不勝收，讓人有些眼累，但浸沉在那麼多的山水意境裡，像似感應著那山那水的生動靈氣，心暢神舒，愜意滿滿。

下班關院的時刻到了。離院的人潮推擠我上了公車，後來，下車的人們又將我推出在士林的街道上。華燈初亮，天色就早些暗了。車潮在斑馬線兩旁不耐煩吼吼等著，人潮擁擠我過馬路，擁擠進捷運站，擁擠進車廂，於是淹沒在動彈不得的乘客中。緊閉窒悶裡，我懷想那些清靜隱逸的山水畫卷，在疾馳的捷運上。

八月初離開繁華擾攘的都市返回島鄉。當飛機俯臨島嶼的時刻，晴空下，陣陣浪花輕撫著潔白的沙灘，溫柔而美麗。小山丘草樹交錯著岩石，平緩起伏在島嶼上。夏日樹木草叢正豐茂，田野的高粱也正滋綠，一片明麗的青綠顏色。青綠之中散落著村屋民厝，多安謐恬澹的田園啊！島鄉將為我切換一個寧靜的時空，在其中無需匆忙緊張的步履。

島嶼的日子讓我沉澱喧囂煩躁，島嶼的山水也一再殷切呼喚。八月八日的下午古崗湖的湖光山色牽引著騷動的心，燠熱中我來到湖旁柳樹下寫生。面對著路旁的大磐石，石旁的相思樹，石下的野花野草，還有照在其上的陽光；這些簡單的景物已足夠我消磨了，夠我放懷了。九日再去。相同的一塊岩石、幾棵樹、幾簇草叢、一抹陽光就這麼輕易將心扣住，讓呼吸勻暢，讓眼睛舒服，讓人放輕鬆。

一角落的小山水總給著小滿足，一小滿足卻時常讓我生出大幸福。或許當人內心的需要越來越少時，自然而然就落入此境地。這時，夫復何求哉？就專心致志畫吧。

灣來灣去

當畫了一段時間後，海潮退得更遠了，餘留下廣大的沙灘，疊疊海岩裸露在沙灘的另一頭，拾貝人彎腰蹲身在那其中。遠遠望去人真是渺小，卻不難看出那份認真執著的尋覓。若從他們那望向我們寫生的三人，應該也是一樣。在海天一色的天地中誰不渺小如一粟？誰又能不失那份認真執著？

經過一條林蔭小徑，終於見了沙灘、海和碉堡。

我真的沒有想到這蕞爾的島嶼，竟然要在這麼多年後的這個夏熱的下午，首次來到地圖上標明著「許白灣」三個字的海灣，真為生於斯長於斯的我感到汗顏，卻暗中也為自己又新走到島的一彎海域而高興。

藍藍的天，白白的雲，藍藍的海，白白的浪和晶亮的沙灘，顏色多麼乾淨俐落而誘人。這麼一個開開朗朗的美麗海灘，可惜在烈陽狠心照射下，不見戲潮人們，只見兩三個村民在岩石群中尋拾著貝蛤。

我們來畫這海岸的碉堡。天澤老師因為曾來過，就由他開車。早些年他在這畫了一張水彩畫，圖中的碉堡引起我的好奇，先前心記要來這兒，一直未能如願，終於在這下午就提議他舊地重遊，而明燦和我卻是第一次造訪。

在那緊張對立的年代，「固若金湯」的島嶼四周海岸就佈建著碉堡、瞭望哨、

2010、8、17 芙山雷廠前海岸

坑道等工事守衛海疆阻絕來犯。這幾年來，兩岸情勢和緩，劍拔弩張的兵戎氣氛不再，小三通開放了，人員的中轉運作了，島嶼擺脫了先前「戰地」嚴酷的束縛，海岸也漸漸褪去管制，也得以看著這些當年捍衛島土的軍事建築物，得以從中又體會那鞏固島嶼的重責大任。幾十年來，島嶼鞏固了，大家就這麼走來，你我的生活就是如此這般見著摸著。若是失守了，有那麼幾場腥風血雨的蹂躪，命運可就大不同了。

這些年來，每每遇見這些海岸堡壘，除了悸動之心，也多著一層感念之情。懷著這樣的心情，身為島的子民，晚近拜著這和平契機海岸開放之賜，遊走島嶼的海岸，見識著碉堡工事的雄壯威武，也見證那在情勢變化中所受的風雨滄桑，然後就畫下座座堡壘的形影。

島的西南海域，那是屬於夏墅、后豐港、水頭、謝厝、舊金城、古崗、珠山、泗湖、后湖各村的海岸。由於地緣的關係，有段長時間曾留連不去。那有許多岬角，一些小海灣，玲瓏有致的景色消解了我不少初學寫生的苦惱和氣餒。許多夏日在這一帶除了畫碉堡、瞭望哨、坑道外，也畫岩石和海岸林木。這碉堡等工事畫起來心情是糾結的，不時就連想到那些戍守的人們，不時會去揣摩那無月夜晚浪濤拍岸的心情，或是浪靜有月時，那海中清冷的月色又怎生消受？想多了，也多了份感傷。如今人去堡空，一片寂涼就盡付海湧吧。在寫生之餘，坐臥在岩石上那是一大享受，看天空白雲蒼狗的變化，或是對遠處的海天遙想，多麼自由自在的時刻，常常往事、未來、日子等事就毫無阻礙地馳騁腦際。

有慘烈的搏命戰曾在這島西北隅的海岸廝殺，因此這段海域就有堅固的堡壘，堅強的防守，也使得這地帶更攝人心魄。嚨口的碉堡最先引誘我來這海域，巨大的堡座、多角度的槍口、叢生的瓊麻、散佈在堡旁的三角釘、還有那海灘上如血色的貓公石，都透露著逼人脊骨涼的肅殺氣氛。而後又到古寧頭的烏沙頭碼頭，次第行過了北山斷崖、湖尾溪口、東一點紅、后沙等地，進入了「后江灣」海域。當一座碉堡畫完就前往下一座，一段一段的海岸就那麼扣我人，扣我心，總要被扣留了幾天。當再往東北走可到「洋江灣」，但我折了方向卻到何厝、浦邊、西園各村莊畫民厝，徒負「洋江灣」的海水空拍岸。

島東海岸因路程遠，就較少去寫生。即使去了，最多就是一兩天的下午。曾經就是在馬山畫三角堡，在「東割灣」旁的山后下堡海畫岩石，在「狗嶼灣」的北邊畫危顛顛的海岸瞭望哨，在復國墩畫山林，在峰上「咕力岸」畫海岸大樹。再往南，有著美麗弧線的料羅灣在望，對於這聞名中外的海灣，只在新湖漁港那兒畫漁船和描繪不遠處的廢棄坑道。

2010.11.28

2011.8
夏墅海岍灘堡

一百五十平方公里左右面積的島嶼，近九十公里長的海岸線，幾年來來這灣去那灣的，還真是無法走透，還真是要再勉勵自己繼續前行。有時免不了向自己要些答案，這樣的前行有何意義呢？是不是為了那島鄉聲聲的親切呼喚？是不是那戰火的傷痕太深？是不是那歷史歲月的滄桑？或者都有？或者什麼也不必問，什麼也不必說，迷戀上了，就愛自己的執著吧，就畫它個海闊天空。

在灣來灣去之中，心放在海，心放在岩石，心放在碉堡，心放在海岸林木，相視莫逆下，就有了滋味。每到一海灣就是如此放心，更

何況這是初次的來到。拾貝蛤的村民告訴我們當地人習慣稱這兒為「后扁灣」，不管是哪一稱呼，首次踐履的步伐就是喜悅。

暑熱真是猖狂，下午四點多了，平坦的沙灘找不著遮蔽的蔭影。沙灘邊緩坡的大碉堡，高聳厚重的水泥牆面以沒有妝點迷彩的素顏雄峙在藍天白沙間。太陽在碉堡的後方，光線將整座堡映成一片黑，幽暗的氣勢來到眼前，令人震懾。由於昏暗，讓我無法仔細看那牆壁的斑駁痕跡；也由於幽暗，那堡身的水泥牆顯得多麼單純沉著，然後毫不猶豫進入畫裡。當畫了一段時間後，海潮退得更遠了，餘留下廣大的沙灘，疊疊海岩裸露在沙灘的另一頭，拾貝人彎腰蹲身在那其中。遠遠望去人真是渺小，卻不難看出那份認真執著的尋覓。若從他們那望向我們寫生的三人，應該也是一樣。在海天一色的天地中誰不渺小如一粟?誰又能不失那份認真執著?

如往昔乍見島嶼其他海岸堡壘一樣，這一彎海域也讓心悸動久久，在我灣來灣去的行程中，於記憶又添加了一新的扉頁。

三訪「西方」

目送著獨居老人進屋的背影，我有些沉重地離開了，然後又走入「西方」。在村子繞了一陣，見小街有人搭棚結綵準備辦喜事，也再瞄了「知時好雨」四字幾眼，然後搭船返金。隆隆聲的輪渡上，盡想著那老人的鍋盤。

2011.9.23 明燦在西口國校上藝術生根課程
我則在西方村寫生 呂明標

一連去了三次「西方」。這小金門的村子，以一村的寂靜來相迎。

想尋找些許熱鬧的氣氛，於是走進了那直直的小街。這一眼就望穿的小街道上，門戶相對，真是整齊，但幾乎家家都合上門，尋不出一絲生意。我踱步過街，也走得悄然無聲，悄然讓我安心留意著市招鋪面，也想著那街道興建時的背景年代。如今，時遷勢變，盛況不見，竟得如此冷清，令人唏噓。正當邊走邊想著，見了一副門葉，好眼熟的字，那不就是過年前「寫春聯」活動時幫忙寫的嗎？真是巧遇啊！聯紙已褪，但「知時好雨」四個字依然筆劃清楚地翹盼著一份生機。這「知時好雨」脫胎於杜甫的「春夜喜雨」的詩句。何日能如詩中所寫的「花重錦官城」一樣，這街也能再「花重」一番？

漫步的路上，寂靜就是不離。來到玄天寺，佛祖菩薩和玄天大帝等供奉一廟。寺廟小，但重簷彩壁的，再加上廟埕石碑、金爐、戲臺，一一俱全，可見村人的虔誠。我見廟旁曬下了一片陰影，影前就是一戶人家高聳的燕尾和搭建的瓦房。看來是幅簡單的風景，原想一走了之，但瓦房的門和窗霎時吸引著我，讓我安靜坐下來畫。

寂靜裡，聽得清畫筆的聲音，更別說不遠處那學校的鐘聲，但卻聽不清屋後那傳來的人語聲。那沙啞的人聲有時像自語，有時像在對話，但卻沒有他人回應的話聲。幾度傾耳細聽，但仍是不清楚。一股好奇，讓我尋聲找去，只見一老人坐在屋棚下，一條狗趴在前，共同在咀嚼著寂靜的早上時光。我不想去打擾，遠遠望著，然後回到位置上繼續畫著。老人的聲音不時傳來，斷續且低沉。

豔陽的日子，瓦房門上那幾根橫木栓在陽光照射下，投在鐵皮上的陰影或直或曲或長或短變化著。時間就在我發覺其差異中消逝了，罩我的陰影也越縮越小。起身走走去，再見見村子。當我來到一幢樓房前，樓主人看我在附近徘徊，問要找何人？

「我是來畫圖的。」我緊接答著。

「畫圖？」有些不可思議的眼神，讓他繼續問我從哪兒來。

「從大金門來。」我再答著。

「我的祖先以前也是從大金門來的。」原來是戶陳姓人家，來自「古區」。當他說著和祖籍地婚喪喜慶交流的事，我也附和說曾到「古區」、「官路邊」等地寫生，好讓彼此能更親切些。

「村裡早一輩的有很多人去了汶萊，現年輕的也都去台灣發展。以我來說，兒孫二、三十個都在台灣，厝裡只剩兩個老的。我倆夫婦經常台灣金門兩地飛。」當我詢問著村莊的家戶人口時，樓主人說著。

如這樓主人一樣，為遷就孩子家鄉異鄉飛來飛去的事例已司空見慣。孩子在外地都市打拚，老夫婦飛去依親，人生地不熟只得待在公寓大樓裡，行為受限，十分拘謹，不很快活，莫不嚷著要回鄉。回到老家，老厝老友老鄰居熟悉自在，卻得孤單料理生活，平常搬項重物，或是購物醫病，找不著年輕的幫忙陪伴，真是叫人莫可奈何。工商業的社會再加上高齡化少子化的到來，老人家能和子孫在一起，已越來越少了，能不做空中飛人，可能就當獨居老人，再不就和外傭處一室。

樓主人又敘說些祖先遷徙的歷史和村中的事，並一直邀我入屋喝茶，但因時間近中午了，就告辭趕去搭船。

第二次出發的前一天，東北季風和大潮共釀出了「漲九降」，威力驚人捲走九宮碼頭上的機車，也上了新聞版面。隔天卻是風平浪靜，只多了些垃圾在船舷邊載浮載沉。

又來到西方村，這次在林天來洋樓旁寫生。主題是一間門口擺著幾個大缸的平房，鄰近幾間屋宇作為陪襯。寂靜裡畫著，然後聽到兩位老婦人的聲音，一些相逢敘舊的話語不時從洋樓飄出。後來一位女子提水出來澆花，見我藏在樓牆下的陰影中，定睛一瞧，說了聲「原來是在畫畫。」並問了句「你是美術老師嗎？」

「我不是。」想著這幾年在山林村落裡埋頭畫著，跟著景物學習，摸索

出興趣，就到處畫去。然後我告訴她原先是要畫洋樓，但無處可遮陽就作罷。

「我去拿把陽傘借你，你可一手撐傘一手畫。」女子聽我說要畫她家的洋樓，急切想了這法子。我笑笑說功夫還沒到那地步，其實我心想那樣子會不會太滑稽了點？

「我的家人也喜歡美術，我父親是位民俗藝師，那北風爺和風雞就是他做的。」女子又說著。

「喔，那真不得了。」我稱讚著。

那北風爺和風雞就矗立在村後上坡的馬路邊，許多人都慕名而來。想想，「風雞的故鄉」、「北風爺的傳奇」聽來就是那麼多魅力。現今行銷觀光，常常因為一則傳說，一座民俗物、一項特產或一種小吃就能打動人心，讓地方更為生動可愛。像上次來，我就極力在村子的屋頂上找風雞，結果找著一隻已風化的，另一隻是新的。這總是有趣的事啊！因上次見洋樓關著，只在樓外徘徊。現時剛好遇著了人，於是岔開了話題，問是否能進樓參觀。

「樓裡也沒大不同。我們大部分時間在台灣，偶爾回來住。這次剛回來，屋裡零亂，你想看就可來看看。」女子答應了。

說了聲謝謝，我繼續畫著。一陣時間過後，當我想進樓，看樓裡也沒人聲，不便打擾，於是收拾了畫具，去看北風爺和風雞。

又是一週了。上了島，公車直奔「西方」。我先到「下田」，訪了村落和「國姓井」，然後折回到「西吳」。這村子和「西方」只隔著一條馬路，我在村中的「蔡氏家廟」旁畫幢平房，那斑駁的牆面刻著歲月的痕跡，讓我畫了不少的早晨時光。當我畫好要離村時，一位腳步緩慢的老人在家門口攬住了我，問我有沒有看到人進入他家。

「發生了什麼事？東西被偷了嗎？」安靜的村莊，一早上我也安靜在家廟旁作畫，說碰到人嘛，就只見這位老先生。我也不知怎的，一時情急就往那「偷竊」方面想，並一再問「丟掉了什麼東西？」

「我從外回來，打開門鎖，發現桌上的鍋盤不見了。」老人慢慢說著

「鍋盤不見了？」「鍋盤」這一般的餐具，誰要這些呢？「會不會家人拿走了？這些鍋盤作什麼用的？」我再問著

「我的家人都在台灣，現只有自己一個人。鍋盤是阿兵哥拿飯菜給我吃用的。」老人家談了些兒孫的事，也告訴我部隊阿兵哥每天提飯菜給他吃的事。雖然無法和家人共餐共享天倫，語氣有些哀怨，但當他提到那些阿兵哥提飯菜來時，「阿公」、「阿伯」、「阿叔」等各種稱呼，都讓他好歡喜。

「可能你沒鎖門，阿兵哥見你不在，就拿去裝飯菜了，等會說不定就來了。」近中午了，這應該是最合理的解釋，我一邊猜想一邊安慰著老人家。

「我再等一等吧。」說完話，老人進了屋。

目送著獨居老人進屋的背影，我有些沉重地離開了，然後又走入「西方」。在村子繞了一陣，見小街有人搭棚結綵準備辦喜事，也再瞄了「知時好雨」四字幾眼，然後搭船返金。隆隆聲的輪渡上，盡想著那老人的鍋盤。

塔下

這現列為國家二級古蹟的古塔，原和太武山上的倒影塔，茅山的茅山塔為航海標誌。後來倒影、茅山毀於砲火，獨留文台立在南盤山上。明洪武二十年江夏侯周德興築金門城後，這塔旁的巨石上留著先賢的刻石手蹟。悠久的歷史氣韻流淌在山岩之間，耐人閱讀和感懷。

189 塔下

站在身後的婦人已停了一段時間，當要離去時擱下了「我真羨慕」這樣的話語。轉頭瞧瞧身旁也沒其他的人事，應該是看我在樹下寫生有感而發吧？

我一直躲著夏日午後的炎陽，不敢太早出門，直到四點鐘才騎上車載著畫袋來到這古塔下。三四個遊客在石塔四周拍照，我也跟著取景找角度。在塔前，看那大大小小石頭交疊的塔座堅固有力而又有變化，將塔身托得穩當當的，也托得有高聳入雲之氣概，確是不錯的景致，但要在近處寫生，直挺挺的，畫面會是孤單長立，只好作罷，另覓別個方向。走上石階來到塔背，許多面向都美，後來在小斜坡上，見兩棵木麻黃掩映，塔就不那麼孤直突兀，於是決定入圖裡。

出外寫生，聽人說「羨慕」，這還是一、二遭。我真的不知道「羨慕」的理由何在？心裡清楚這事一如其他的事人人都可為的，有興趣做，自然就可找到樂趣，找到與生俱來那追求藝術的快樂。夏天裡參觀了國立歷史博物館的「畢卡索特展」，世紀大師說著這樣的一段話：「每個人都想要了解藝術，為什麼不試著去了解鳥兒的歌唱？為什麼一個人喜愛夜晚、花卉、週遭的一切，卻不需要去了解它們？」既有這樣的稟性，能成為藝術創作者固然可喜，或是成為藝術欣賞者也是可喜，或是成為藝術生活者也是可欣喜的。怕的是名繮利鎖，塵務煩心，就迷惘了那份靈性，失去了份動力。這寫生一事能讓人說羨慕，自己內心暗自高興，而我也猜想，或許她也喜歡這事。正當想著，婦人手拿著一片拆平的餅乾盒薄紙板又出現在身旁。

「這是我畫的。」婦人二話不說就遞了過來。

接過手來一看：整座塔被平面化了，兩邊側面都如同正面處理，像是工程設計圖。各塔層的比例，各石塊的方正可說是準確工整，似乎是手邊一把尺畫的。心想她有著勇氣和誠意拿出來給我看，連忙先說「不錯！不錯！」的話鼓勵鼓勵。

「怎跟你畫的不一樣？」婦人詫異著。

聽了她的話，我淺淺笑著。一邊跟她解釋著繪畫透視的事，一邊將紙板兩側微微向後摺，一座三角形的塔就出現了。然後將「紙塔」遞交給她，並建議再畫三面，一座立體的紙雕文台古塔將會在她手上，那也是一種趣味。婦人把玩著手上的紙板就離開了。

這現列為國家二級古蹟的古塔，原和太武山上的倒影塔，茅山的茅山塔為航海標誌。後來倒影、茅山毀於砲火，獨留文台立在南盤山上。明洪武二十年江夏侯周德興築金門城後，這塔旁的巨石上留著先賢的刻石手蹟。悠久的歷史氣韻流淌在山岩之間，耐人閱讀和感懷。

我沒把那些前人手澤字跡入畫，也忽略了那「魁星像」。婦人語重心長指正我漏掉了。我真的不知道那塔上第三層還藏著玄機，問她石像在哪兒？她好心指著，順著手指方向終於找著了，也分辨出石刻上方「魁星聳峙」四個字，然後就談談「魁星」的事。當再度坐下要畫的時候，順便向她說明畫面取捨的問題，在感謝一番好意之際，還是狠心略去她建議畫的那石刻像了。

婦人再度來到身旁看著，還跟著談論畫圖的事，這情況也是少見的。看來也是個喜歡畫畫的人？一問之下，她說是無聊中畫了那紙板，不過年少時是有些興趣，但當了家庭主婦謀求生計張羅三餐的，就越走越遠了。聽了她的話，內心感觸油然而生。這下午自己能坐這兒寫生，做這麼件自己興趣的事，這是何其幸運的事啊！生活中，或是壓力，或是工作羈絆，或是時間不許，或是年歲老大，或可能被疾病所苦，想要做些自己喜歡的事，常是想想說說而已。主客觀的因素，就讓時間蹉跎而去，當有一天回眸一顧，真正想擁有的日子，那些想做的事竟是那麼遙遠。

現實的滾滾紅塵中，匆忙勞形的生活裡，能找著些自己愛做的事的確是不容易。清朝，查為仁「書畫琴棋詩酒花，當年漸漸不離他。如今七事都更變，柴米油鹽醬醋茶。」一詩，這時想來真有一番深感受。的確，我是該慶幸多多，能擁有許多這麼個寫生的下午。這是該感恩知足的，更願上天眷顧，能繼續擁有像這樣優裕美好的午後時光，讓一枝筆在白紙上塗畫出能使「自己快樂」的小小心願。

「有錢沒錢天注定，吃好吃壞也不必太計較，生活能一般過得去就好。我相信你在此寫生一定比吃那些山珍海味還來得有滋味。你說是不是？人有個興趣，能快活，就讓我羨慕。」當我戲謔說著做這事也沒錢可賺時，婦人這樣回說著。

「有個興趣，能快活」多麼契合我心。一枝筆、一張紙，一方景，一個人，一下午，圖的莫不是如此？這簡單不過的事，竟然能讓人羨慕，倒使我佩服起那婦人的見識。

婦人後來又說些話，然後離去了。

一個普通的村婦，一番普通的話，但那「有個興趣，能快活」的簡要道理，卻讓我畫出一個不一樣的下午。

田埔海角

或圓或削的岩石堆疊錯置，各面向的瞭望口和槍口就砌築其間，防人靠近的三角釘或玻璃碎片在岩上閃著微光，藤類的植物攀爬在槍口岩壁，刀樣的瓊麻叢生在碉堡頂，在秋陽的斜照下，森嚴肅殺的氣氛依然，卻多了層讓人說不出的情緒。

195　田埔海角

最近，在「過東」的田埔一帶寫生。

島鄉雖小，但早先交通不方便，又太武山阻亙，這山以東的「過東」地方，對島西的人們來說，是有一段路程的。甚至由於這地帶風沙大，土地貧瘠，生活困苦，乃至有「要嫁過西一欉芒，莫嫁過東一個人」的俗諺。如今，交通雖便利，島西島東也無法直走，也是得繞過山，也是需要一段時間的。

甜根子草泛白的時候，我們開始了行程。這草在秋風中搖曳輕盪，芒穗的潔白和姿態的婀娜，讓秋天的原野多了份迷人的氣息。沒想到台灣欒樹也不甘寂寞，在樹梢擎起一串串黃艷艷的花朵，再為秋高氣爽的季節增添豐富動人的色彩。車在這些顏色渲染的車道中行進，西半島到東海岸感覺就不是那麼遠了，似乎是不長的時間就過了「大地」，轉眼就到了「田埔」。

軍管時期，進村莊可都要檢查身分證或其他證件的，如今自由通行了，但那塗著迷彩的狹窄村口，就是讓人輕易想起往日站崗衛兵查證的情景。進了村，「東嶽泰山廟」的牌坊和廟宇映入眼裡，高聳宏大的規模比下了侷促一旁的低矮民房，一片堂皇富麗的氣象。沒幾戶人家的小村，能有此規模的廟宇，可見其神名的遠播和香火的鼎盛。再環顧四周，一道城牆圍了全村，東西各築了兩座城門，這時心裡不免詫異：「田埔古城重現了嗎？」

心中是早已知道在明朝洪武年間，田埔設置「巡檢司」並建內外城，以守禦海疆，嚴防私運這事，可總是懵懂。如今見了城牆和城門，雖也懷疑是不是舊時老樣，但霎時恍如走入歷史，總感新鮮，總覺好奇，於是，城門下瞧一瞧，城牆邊走一走。這曾經擁有著「埔城海日」島鄉舊八大勝景美名的村子有著些新的規劃，新的設施，增加了許多遊覽的方便。瀏覽一會，終究擋不住金色秋陽的好意，順著感覺走，就直出「日照門」，經過海岸岩石解說台，下一片草坡就到海邊。

海水退了，岩石裸露，滿布海岸。石上的小窪地，蓄著退潮留下的海水，清澈可鑑，映照著清亮的天空白雲，真是吸引人。找著了可坐的岩石，對著岸邊的故壘，進行著一個秋日午後的寫生。或圓或削的岩石堆疊錯置，各面向的瞭望口和槍口就砌築其間，防人靠近的三角釘或玻璃碎片在岩上閃著微光，藤類的植物攀爬在槍口岩壁，刀樣的瓊麻叢生在碉堡頂，在秋陽的斜照下，森嚴肅殺的氣氛依然，卻多了層讓人說不出的情緒。

再一次到村子，是個陰天風大的日子。浪濤拍岸的氣勢，讓人無法到海岸，只得留在村子裡，如此一來，可慢悠悠瞧瞧城門，徘徊城牆邊。那牆邊一板一板的解說牌，讓我們多了些了解。當手摸著新舊石頭所砌建的城牆，就多了些猜測；這段是明朝的？那段是清朝的？民國的？最近修建的？大家各自猜猜，也不知說不說個準。不論是何時建的，整座城牆的給人的印象是不錯的，當中幾座碉堡也能融和一體，甚至更能彰顯著鞏固的力量，是寫生的好題材。因為風大，避寒就走到「西門」附近作畫。

這「西門」也稱「鎮海門」，塊塊新石頭砌築在家戶的住屋後，居高臨下面對著許白灣海域。原先想將城門入畫，但看了幾眼，覺得城門雖小，卻也有個樣，但那些砌築的新石頭，總少些古意的顏色。想了一想，終於捨棄了城門，選上了傍著城門的碉堡和城牆，只因那濃濃的風雨漬痕和歲月斑駁。

舊說田埔建有內外城，有些文字述說著規模，但那畢竟是紙上的說明，有些遙遠。當我們再次來村莊，沿著步道到村後的海岸，見著了一山野的瓊麻，也見著了一海岸防禦的工事，心中不禁問著：「那是不是外城？」其實那是不是舊外城的規模，可以說是不重要的，重要的是那些防禦的碉堡、瞭望哨組成一道銅牆鐵壁，構出了一段險要的海岸城牆，使人震撼。這天是有太陽的日子但風卻很大，海岸杳無人跡，就我們這些闖入者。這段時間在不熟悉的島東地域，真可說是闖入者，誤闖的結果常使人有意想不道的驚奇，一如見識到這段海岸的氣魄。這趟畫著高坡上一座棄守的瞭望哨，破舊不堪的哨體令人感慨。那長在其下的大片枯黃芒草，在秋風的吹拂下，不定方向的搖擺，悉悉

索索的聲響，更不時撩人秋涼。

田埔，歷史上的「巡檢司」，又是島東海岸的重要據點。或許外來的觀光客無所謂知不知道「巡檢司」，看不上小村小城門小城牆，也無心到海岸去看那些故壘殘碉的，但就在地而言，那都是很好的鄉土資源，了解自己生活土地的重要線索。

幾次拜訪以後，漸次熟識了村莊，更喜歡這海角村落的海岸。東北季風越來越狂了，另個有秋陽的午後，在田埔水庫前的沙灘畫過碉堡之後，海總是風浪滔天，總是讓我們望洋興嘆，無法在海岸寫生了。而後的日子，就離了村莊和海岸，奔赴鄰近的大地和碧山。

草地上的戴勝鳥

這鳥在今天的島嶼上，可是最夯的鳥，除了會引起一般遊客的興致外，可多著喜愛的情份。除賞鳥的人爭相要目睹芳容外，看看那Q版的鳥形，在貼紙上，在手提袋上，甚至漆在觀光公車車廂上跟著到處奔馳，多麼迷人啊。

戴勝鳥常在草地上覓食，
也常見喜鵲、八哥、麻雀
的蹤影
2009.5.9

一位賞鳥的友人曾告訴我如何去追蹤鳥跡，如何分辨鳥類，如何去欣賞鳥等事，也說了些鳥類的習性生態，讓我茅塞稍開。多年的賞鳥經驗和從其中得到的樂趣，讓他滔滔不絕。尤其提到那發現稀有鳥類來島嶼的事，更讓他雀躍不已，使在他旁邊的我也不覺就沾著高興，彷佛也是我找著似的。

在我寫生的歲月裡，不論是在山林原野，或是海上岸邊，鳥始終是這些時候不離的伴侶。有時一隻孤影迅速掠過，讓人惆悵；有時一聲長叫，劃破寂靜的時空，讓人驚奇；有時群樹的樹梢啁啾不已，令人傾聽；有時矮樹叢竄出，倏地又隱沒另一端草叢的鳥影，總是讓我訝異；有時群鳥啄食，有時百鳥迴旋天空，有時隻鳥悠閒踱步岸邊……種種的鳥影、種種的鳴聲，常讓我停下畫筆，甚至駐足。

也曾靜心看過，也曾靜心聽過，但對於這被梁實秋先生為文稱讚「世界上最俊俏的生物」的鳥類所知有限。島嶼在兩岸對抗時期，隆隆的砲聲驚嚇了鳥，少了鳥跡。如今，緊張已緩，來島嶼過冬的候鳥多了，常駐的留鳥也多了，賞鳥愛鳥的人士也多了，島嶼的天空群鳥上下，彩羽繽紛。這是個賞鳥的好天地，但對於生活在這島的我來說，麻雀、喜鵲、八哥、烏鴉等常見的鳥，這一般人都知道的我多少也能分辨，其餘的就一知半解了，貧乏得很。但，有一種鳥卻始終牽引著我，從小就有種複雜的感情，那就是戴勝鳥。

我始終都在莒光樓四周的草地上邂逅這鳥。

莒光樓，這戰地島嶼的標誌建物。古代城牆角樓轉化而來的建築，莊嚴雄渾的氣象，曾是表現著反共意志和力量的「國軍英雄館」，也曾是風行多時「莒光樓郵票」的主題，如今成了觀光客遊覽的重要景點。由於離家近，小時候常在那兒遛達，後來就成了自己工作之餘遊憩的地方。登樓遠眺，或是樓前台階閒坐沉思，或是樓四周步道漫步，總是令人心神怡悅。有時，自己偷偷暗想：這輩子無法買豪宅置庭園，老天垂憐，賜給我這樓附近的風景，讓我宛如置身自家的後花園裡。如果還嫌地方小，再將莒光湖的湖波瀲灩納入，將夏墅海岸的風光、建功嶼的夕陽也接收，那是多麼一片海闊天寬啊。朝陽中，暮靄裡徜徉在這些景色裡，享受著大自然給予的恩典，是夠富有的。

不論時間的推移，擔負任務的改變，這聳峙在金城西南郊的莒光樓，也不論舊時四周是種著龍柏的四方形格式，或是近幾年改建植著印度紫檀樹的圓形佈局，總是擁有著大片的草地，總是可見到戴勝鳥。

早先，那知識淺陋，鄉野傳說盛行的時候，一般人稱戴勝鳥為「墓壙雞」或「墓壙鳥」。「墓壙」那是墓穴的意思，而為何被稱作「雞」？那可能是這鳥有如雞冠的頭冠，且體型類似小雞。這一番「說文解字」不知對不對？純屬個人了解。但有一事卻是真的，這傳說來自墓穴地底的鳥，並不是大家都熟悉的，甚至還有些兒迴避；那墓穴地底的幽冥，給了這鳥神秘詭異，給了人無知。

來自墓穴地底的鳥，讓人既怕又愛。這莒光樓周遭先前就是亂葬崗，往返樓的路上，就常見鳥出沒其間，在壙土上顧盼，在墓穴探頭，在墳塚荒草隱身，使小小心靈蒙著一層陰影。可是，那鳥的頭冠，那黑白相間的羽毛，那飛翔時閃爍的羽光，卻是令人好奇驚喜的。知識未開、資訊封鎖的年代，就是有這樣的情結，誰又能知道，這鳥在今天的島嶼上，可是最夯的鳥，除了會引起一般遊客的興致外，可多著喜愛的情份。賞鳥的人爭相要目睹芳容外，看看那Q版的鳥形，在貼紙上，在手提袋上，甚至漆在觀光公車車廂上跟著到處奔馳，多麼迷人啊。

莒光樓周圍的草地上常飛下麻雀、八哥等小鳥，戴勝也是常客。這些鳥在草地啄食著，偶有埋頭啄著啄著不小心踏侵旁鳥的領域就起了小糾紛，大部分時間都相安無事。為何這兒經常會看到戴勝？是不是樓周圍樹林裡仍有著這鳥族故舊的棲息地？安土重遷的情懷下，就常出現在這地方？經常見到鳥影的我不免懷疑著。我喜歡去看看牠們，經常坐在台階欣賞，靜靜看著牠們吃食。尖尖的鳥嘴和那頭冠，讓牠們啄著食物時，像似用把小十字鎬掘呀掘的，若是吃快些，那真的恍如裝上台小馬達，使勁掘掘掘，不停啄啄啄，真是有趣。不知是不是相處久了，有時靠近些，牠們就以小碎步向前走幾步，然後再昂頭，然後再繼續覓食。當我再向前幾步，牠們又是如此，像似在跟著玩遊戲。當牠們昂首的時候，那頭羽真有軒昂的感覺，這時，想著先前那無知的年代對這鳥的誤解，真是好笑。

這鳥出現在草地上的時候，都會讓我逗留一陣。曾想買把望遠鏡好好觀察一番，但總是不了了之，或許靜靜看鳥在草地上安心覓食，就給了我喜悅。若是再見著那雙彩羽像似畫著圓圈拍舞著，也就多給了份興奮之情。

二〇〇九年五月花了兩上午畫著莒光樓，印度紫檀新長的葉子還是稀薄。寫生的時候，戴勝鳥雖不來，但在畫紙上為牠們留下那經常啄食的草地，等待飛臨。

這些天寒風吹襲，莒光樓周圍的印度紫檀已紛紛落下葉了，有的一樹枯枝，有的只剩稀疏的小葉掛在樹梢顫抖。天氣冷了，草地上的鳥兒少了，也少了戴勝鳥的蹤影，常讓樓旁散步的我，屢屢尋望，屢屢悵然。

半邊村落

村舍的紅瓦紅磚石牆飽含著水份，色彩較沉也誘人。還有那村屋或「燕尾」或「馬背」的屋頂依然是生動的，溫柔的曲線在穹蒼下有著和諧的美麗。這傳統建築動人之處是島鄉的特色，可惜諸多的因素，卻讓它在逐漸消失之中。

二〇一一年歲末去趟漳州，參加了在漳州廈門大學分校舉辦的書畫揮毫切磋的活動。廣大的校區和宏偉的校舍讓一行人驚嘆連連。活動在新穎的圖書館舉行，校方選派的學生熱心服務，讓與會的人員莫不傾囊演出。我看學生熱心，將行李中幾本自己寫的書和畫冊送給她們。當接手後，如獲至寶般地謝謝我，並要求簽名和合照，反倒令我有受寵若驚的激動。其中拿到畫冊的那位同學，當翻到冊中一張珠山的村景圖，感到特別有味道，表情驚訝說她很喜歡。問她「特別有味道」是甚麼意思？她一時也說不明白，我就順口說著，金門這樣可愛的村落還有很多。

那是張俯瞰圖，在村裡宗祠後的小山上畫的。我想可能就是那些燕尾和馬背的屋頂所編織出美麗的天際線感動了她。在寫生的日子裡，類似如此的俯瞰圖，共畫了兩張，除珠山這一張外，在鄰村高處的馬路邊也畫了一張，雖只有半邊村落的屋宇，但那有燕尾和馬背的屋子簇居在一起，讓人就感到可愛和窩心。

鄰村也是位在平常散心運動的路上，那也是一個會令人感到特別有味道的村落。我已經好幾個月沒騎上那一地帶了，自心愛的單車失竊後。又這幾個月也經常出島去，再加上冬季時節，寒流低迴或是陰雨連綿，更讓人裹足不前。何日放晴才能出外，看看田野，看看村落，看看能不能拾個不被寒雨困住的心情，鬆綁那多日來的低悶沉重？

老天垂憐，終於放晴了。沒腳踏車可騎，就徒步上路，老路走一回吧。老路上多的是我曾描畫的田野樹林、村景屋宇。

走完了種著潺槁樹的路，規劃整齊的社區在望。這兒雖離城區有段距離，但新樓房新公寓一棟棟又出現在社區前，看這麼火熱的情狀，不難去理解島嶼的地價漲幅已居全國之冠。

過社區，行道樹換成了烏桕木。這樹紛紛變裝了，有些是青黃交接，有些是黃紅交接，有些全紅了，成了醉人的顏色。在這些樹的陪伴下，欣然來到村子西邊馬路上。

自來我喜歡看些古地圖，準確與否不計較，常常就被圖的古意和拙樸的線條所吸引。尤其是那些在地名邊依地方家戶多寡具體畫著或多或少屋舍的圖，總覺得比用圓圈或是方形來標明更是生動有趣，彷彿那地方的人煙就活現了出來。這是個人一廂情願的想法，可能，就是這樣的想法，讓我喜歡去看些鳥瞰圖，也喜歡用俯視的角度去看些村社。

二〇〇八年四月畫了這村落半邊的俯瞰圖。原想宗祠右側那半邊的屋宇也要另畫一張，那兒有成排的梳式格局的古厝，如此，村落的全景就可完全畫下了。但想去畫和有事耽擱這二者就拉扯了好幾回合，到如今，還是耽擱了，到如今，已是四年了。

往昔騎車，有時往村東的路上，那是條濱海的車轍道。這車轍道被規劃為自行車道，路兩旁種植著烏桕木，途中有片草原，有座靶場，也有種著白千層、南洋杉、樟樹等樹種的人工林區。那一路的寂靜和鳥聲啁啾常伴著我，給了滿心的怡悅和平和。有時會騎上村西的路上，這路在村子邊陡起，可俯瞰整個村莊。半邊的村落圖，就是在路邊的大石上畫的。

這時候這大岩石還爬滿藤類植物，不容易上去，只得在石旁觀望。一人高的銀合歡長滿了路邊，雖遮些視線，但那細細的枝條仍留些空隙讓我眺望。

村子似乎沒多大改變，幾座整修過的屋舍，那煥然的氣象也自自然然融入那屬於鄉下寧靜的氛圍中。多日來的雨，洗了村莊周圍的樹草，呈現著嫩綠綠的生機。村舍的紅瓦紅磚石牆飽含著水份，色彩較沉也誘人。還有那村屋或「燕尾」或「馬背」的屋頂依然是生動的，溫柔的曲線在穹蒼下有著和諧的美麗。這傳統建築動人之處是島鄉的特色，可惜諸多的因素，卻讓它在逐漸消失之中。由於喜愛那溫柔的曲線，那紅瓦紅磚和石牆，也就成了我時常練習寫生的題材。一幢這樣的傳統建築物，就夠人品味的，那麼，一幢幢聚居的村落，更是夠人徘徊流連的。

村莊正在進行污水管線埋設工程，機器隆隆響，人員穿梭其中。我走入村內，工人客氣地要我小心。看著施工，想著加些現代化的設施，讓生活環境更衛生或便利，村莊想必會更迷人的。許多人一味羨慕著對岸廈門高樓大廈的繁榮發展，也該看看這島嶼一些乾淨又可愛的鄉村。

在村子的巷弄走上一陣之後，就轉到村東的道路走回家。回到家，心血來潮尋舊畫來瞧瞧，看那些有著燕尾和馬背的村屋聚居在一起，心頭就是有股特別的感覺，有股歡喜汨汨而出。

一人的海岸

徑迴路轉的，來到田埔海邊。沒有捕魚人，沒有拾蛤女，沒有遊客，有的就是冬陽、冬風、海浪、碉堡，還有一個我。不，還有一隻螃蟹。

2012.1.20 田埔海岬碉堡 洪明標

沿著九井路走，路旁大紫薇花一串串如龍眼的花蕾吸引著我，就一棵棵瞧瞧摸摸走下去。來到村口，向村民詢問海邊如何走？村民熱心告訴，還奉送一些兩岸泳士這幾年來在沙灘上舉辦泳渡活動的消息。說到這，神情有些眉飛色舞，想像這海灘為村裡帶來了些風光榮耀之類的，而讓他想滔滔為我多說些。當他反問這多風的冬晨去海岸做啥事，我說去寫生找些碉堡畫一畫，驚異和不解的表情迅速佈上他臉。

在村莊盤桓了一陣，遇到的人都親切，他們放心讓我隨處走隨處看，倒是有幾條村犬，不死心盯防著。繞了幾圈，看了些古厝，拍了些防空洞的照片，這時海濤已在不遠處等候著。

海岸，海波粼粼一片，雖遠處水氣迷茫，廈門幢幢的高樓依稀可見，讓人不免有著「好近」的興嘆。有風，有浪，是漲潮的時刻。潮水不停來回沖洗著軌條砦。

平緩的沙灘無人跡，一路蜿蜒鞋印的尋覓，來到廢棄的碉堡前。

冬陽和煦照著，海風一陣陣吹來，海潮也一波波湧上，有了這些，這早上在碉堡前的作畫，這一人的海岸就不顯得那樣的寂靜了。這座大碉堡以V字的型制聳峙在沙灘中，那尖端伸入海中，兩翼盡是槍口，控制著沙灘的兩側，有著萬夫莫敵的氣概和威力，否則怎抵擋那麼逼迫的威脅？棄置的碉堡在平沙之中是突兀的，堡上那紛紛滋生的瓊麻只讓人感到莽亂。其實，讓人感到莽亂的是那戰爭的歲月，那砲火的呼嘯。

這碉堡是我所畫的碉堡畫作中最近大陸的一座，似幾步之遙，感受也就比較尖深。但可能是這陣子見多了碉堡等軍事工事，心中那波瀾之情也就快些平撫下來了。戰亂啊，俱往矣。還是俱往矣？但願是前者。不論是對岸的高樓大廈面對此岸的海濱公園；還是此岸的村舍民宅眺望著彼岸的海濱浴場，在這海域在這些島嶼之間，這樣的發展都是人們所樂見的，也樂見那隆隆的客輪聲穿梭航行，也樂見那麼多的泳者泅泳橫渡交流。如此，人們的心將不會莽亂，將是安心一片。

海潮在不知不覺中湧到背後，威脅到寫生的工作，於是告一段落，收拾好畫具走上沙灘。軌條砦高高低低淹沒在海水中，先前來時留下的鞋印也被沖失了。經過幾座小崗哨，不知是當初有意貼伏於地面建設的？還是幾年來海砂堆積作用形成的？低低矮矮的情形，真是別於我所看到的。在一列防風林間徘徊一陣，那被掏空的底部盤根錯節讓人好奇，那耐風耐海水的生命真是不簡單。再往下走，到一叉路就踅回。來到了西湖水鳥保護區，遇見成排的戰車，但那已是供遊客參觀的陳列品，拍照留念幾張就離開了。

這冬季除了在小金門外，較多的時間就是在田埔和大地。

冬季的風大又冷，但冬陽卻是溫暖的，是召喚我出外的主要誘因，是我寫生的安定力量。這天二〇一二年一月二十日冬陽又誘惑著我。找明燦同行，有事。找天澤老師，也有事。擋不住誘惑，就一人獨行了。徑迴路轉的，來到田埔海邊。沒有捕魚人，沒有拾蛤女，沒有遊客，有的就是冬陽、冬風、海浪、碉堡，還有一個我。不，還有一隻螃蟹。

那直筒狀的碉堡是主要的目標。田埔水庫在馬路一邊，路的另一邊下了坡就有一水潭，潭邊有一列直挺挺的木麻黃，樹影總婉柔綽約映在潭水中。水庫的水壩出水口過自強大橋下洩到潭裡，然後有一小溪潺潺沿著村莊邊流，再繞過碉堡出海去。這碉堡位在村子北方，眺望著許白灣。從這開始許許多多大大小小的碉堡瞭望哨衛崗就構築出一道銅牆鐵壁緊緊環繞著岬角密密圍著村莊。宏偉高聳的碉堡和溫柔彎曲的溪流交會，就在我的腦中譜出一個好景致，一個好印象。這樣個好印象，先前就一直想來畫，但不是風大作祟就是漲潮的關係，遲遲這日才一個人來。

風不大，不會砭人肌膚。冬陽溫暖，安定心神，曬出了一個寫生的好心情。整座碉堡也沐浴在陽光下，水泥牆體通亮，少了肅殺的氣氛，多了些刺眼的光芒。這造型簡單的碉堡，不必花太多時間就勾勒完成，倒是旁邊的樹木草叢和堡下的碎石用了不少功夫。簡單和

繁複並置，畫面能夠包容，這讓自己也頗稱心。

海浪已退遠，廣大的沙灘就呈現在眼前，乾濕的關係使沙地有著不同層次的色彩。一隻螃蟹的出現，讓我放下筆紙，走入海灘。小小隻的螃蟹，那軀殼如同沙色，牠爬上我的鞋子，在鞋帶之間闖走，然後爬上褲管。當我靜觀其變的時候，就滑下到沙灘，迅速爬行，腳步之快，讓我看得眼花。一隻出來曬冬陽的螃蟹？無意間爬上我的褲腳，打斷專注的視線，於是動心跟著走，讓久坐欲僵的身軀有些活動。螃蟹走走停停，我也跟著走走停停，有時趨前，牠瞪著眼揮舞著小小的螯，或是快速鑽入沙裡。有時，連沙和蟹捧在掌中，沙在指間消失，蟹在指縫爬，撩起了好熟悉的感覺。頓時，我找著那既熟悉又陌生的赤子身影，跌入那捉蟹撈魚的孩童時光，一絲絲美好的回憶中，卻也有著重重的哀沉，畢竟那已是好幾年前的流光歲月了，一去不復返的匆匆。

放走了小螃蟹，牠順著水路爬去，我走返沙灘上另一端筆紙的天地裡，往事就讓它隨風而逝吧。

南山頭斷崖

風雨襲擊下，包裹的泥土流失了，圓圓的石頭有的跟著坍了下來散置岸旁，有的仍在上緊抓著壁土，那欲掉不掉的情狀，真叫人揑汗。而有些處海岸被侵蝕了，退後了，生在其頂上的草樹都暴露著根部，也暴露著求生的意志，讓人不禁感佩。

221 南山頭斷崖

一連兩通電話，明燦急急說著，搭九點三十分或十點的船到小金門寫生。晚起的我還摸不著頭緒之下，邊疑問為何不先約好，邊忙著東找畫袋，西找鉛筆盒，南找畫紙，北找水壺等行裝。齊全了之後，囫圇吃了早餐，就出發。

騎機車去。這第一次的感覺新鮮，但我這駕駛，在寒風凜凜中，只顧往前衝。何時過石雕公園，過向陽吉第，過賢厝，過水頭，到碼頭，都渾然不知，只知道上了渡輪，停妥了車，才回過神找著了自己的呼吸。

冬陽灑下金光，安撫著海面，渡輪平穩地行駛著。這年節初六的日子，從台灣回鄉的遊子和一些觀光客，也將船艙擠得鬧哄哄的。十來分鐘的航程，看了幾波海湧幾眼風景，就下了九宮碼頭。出了碼頭，雖沐著陽光，但車行中風就是撲著臉鑽進衣領褲腳。在這樣的刺激下，只得勇往直前，衝！衝！衝！於是過湖下，過東林，過八達樓子圓環，過南塘，過青岐，然後到南山頭。一路寒風催逼，一路往前衝，到了海岸，人才放輕鬆，才又找回心跳的節律。

海岸讓我放鬆呼吸，緩慢腳步，在岸邊和水域間的沙灘上，尋找著寫生的題材。冬陽還是安撫著海，海波不興，盡在岩石和軌條砦之後，卻也不難看出一股漲潮的力量正蓄勢待發。山壁聳峙海灘邊，以直角的切面高低綿延，地質的奇特，形成了人們所說的「退後海岸」，也形成許多特殊的景觀。

明燦講解著斷崖山壁玄武岩的形成和特徵，讓我多了解這樣地質的海岸。有時專心聽有時卻只放任眼去看，畢竟那些生成的年代世紀感覺是多麼遙遠，但裸露的地質形貌卻是那麼引人在前。許多樹木聳立在山壁上，瓊麻雜草也滋蔓茂盛，山壁中土石參混，別有風味。當行過許多「景點」，很想就停步畫下，後來遇到一座危顛顛的碉堡在崖壁上探著頭，就畫了它。

冬陽暖暖照著，海浪在背後緩緩湧來湧去，復興嶼在不遠處靜靜陪伴，多安靜啊！一條條如柱的岩壁撐起了碉堡，那如斧劈的凹折節理，讓我描繪得興味盎然，畫得不知時分已逝，日頭已過午。當明燦拿著饅頭來，要我歇歇，這時才發現陽光將我曬出汗來，海浪已漲來腳下了。

歇歇，就往前信步走去。來到一座碉堡崩落處，真是怵目驚心。只見整座一體成型的堡體橫掉在崖壁前，那堡體的出入口卻孤懸在壁上，雖是水泥物，但那有如

「身首」分離的情狀，加上堡體四周的坍塌土石，看了還是令人不禁感傷。憑弔一陣，就在附近觀摩海草所構成的地景藝術，真是巧奪天工啊。那些長在岩石上的海草，在太陽的照射下，顏色翠綠討人喜愛，先前的退潮將海草布置出許多圖案，有螺旋狀的，有羽毛樣的，有太陽形的等等，真是千姿百媚，叫我駐足良久。大自然啊，大自然，何其美麗！何其驚艷！

驚訝之際，剛一抬頭，見太陽光打照在崖壁上，心中猛地喊出：這是一幅幅的壁畫啊！我自圓其想，也自個沿著山壁往回走，自樂欣賞去了。這只有兩個人的海灘，就是這麼自由，這麼奇妙，讓我怎麼想就怎麼想，讓我怎麼看就怎麼看。有些處玄武岩柱根根挺拔，刀刻般的柱面恍若那神殿雕花的石柱，緊緊貼著壁面，緊緊扶持著崖頂上的草木。有些處卻非如此，風雨襲擊下，包裹的泥土流失了，圓圓的石頭有的跟著坍了下來散置岸旁，有的仍在上緊抓著壁土，那欲掉不掉的情狀，真叫人捏汗。而有些處海岸被侵蝕了，退後了，生在其頂上的草樹都暴露著根部，也暴露著求生的意志，讓人不禁感佩。

潮水越來越逼近，讓我不得不靠近壁面。說實在話，看坍塌的情況，走在崖下是有幾分擔心的，但海水的逼迫，讓我不得不就近，卻讓我可細心觀察到風雨和陽光交加在壁面上所留下那細緻迷人的刻痕和那脆弱不堪的崖壁表層。

菊島澎湖多處有此類地質的景觀，天造地設的景色是許多旅客遊覽的景點。這南山頭海岸雖不是那麼聞名，但造物者也為這島留了這麼段斷崖，為小小的島增添魅力。這份魅力讓兄弟二人又守了一下午，各自又畫了一張。

夕照下，回金的渡輪上，有些寒意。靜默看著船艙的乘客，這時，明燦突然說今早心血來潮想要畫圖就邀我同行，這話解答了我一整天要問的疑惑。聽完話，我想起了王徽之「乘興而行，盡興而返」的故事，也很歡喜我倆是乘興而去，也是盡興而歸。

2012.1.28 鳥嶼南山頭 洪明樛

島光嶼影
——金門寫生記事

作　　者 / 洪明標
責任編輯 / 林泰宏
圖文排版 / 張慧雯
封面設計 / 陳佩蓉

贊助單位 / 金門縣文化局
出 版 者 / 洪明標
法律顧問 / 毛國樑　律師
印製發行 / 秀威資訊科技股份有限公司
114台北市內湖區瑞光路76巷65號1樓
電話：+886-2-2796-3638　傳真：+886-2-2796-1377
http://www.showwe.com.tw
劃撥帳號 / 19563868　戶名：秀威資訊科技股份有限公司
讀者服務信箱：service@showwe.com.tw
展售門市 / 國家書店（松江門市）
104台北市中山區松江路209號1樓
電話：+886-2-2518-0207　傳真：+886-2-2518-0778
網路訂購 / 秀威網路書店：http://www.bodbooks.com.tw
國家網路書店：http://www.govbooks.com.tw
圖書經銷 / 紅螞蟻圖書有限公司
114台北市內湖區舊宗路二段121巷28、32號4樓
電話：+886-2-2795-3656　傳真：+886-2-2795-4100

2012年7月BOD一版
定價：270元

國家圖書館出版品預行編目

島光嶼影：金門寫生記事 / 洪明標著. -- 一版. -- 金門縣金城鎮：洪明標, 2012.07
面； 公分. -- (語言文學類；ZG0089)
BOD版
ISBN 978-957-41-9206-9(平裝)

855 101010906

讀者回函卡

感謝您購買本書，為提升服務品質，請填妥以下資料，將讀者回函卡直接寄回或傳真本公司，收到您的寶貴意見後，我們會收藏記錄及檢討，謝謝！如您需要了解本公司最新出版書目、購書優惠或企劃活動，歡迎您上網查詢或下載相關資料：http:// www.showwe.com.tw

您購買的書名：________________

出生日期：________年________月________日

學歷：□高中（含）以下　□大專　□研究所（含）以上

職業：□製造業　□金融業　□資訊業　□軍警　□傳播業　□自由業

□服務業　□公務員　□教職　□學生　□家管　□其它____

購書地點：□網路書店　□實體書店　□書展　□郵購　□贈閱　□其他

您從何得知本書的消息？

□網路書店　□實體書店　□網路搜尋　□電子報　□書訊　□雜誌

□傳播媒體　□親友推薦　□網站推薦　□部落格　□其他________

您對本書的評價：（請填代號　1.非常滿意　2.滿意　3.尚可　4.再改進）

封面設計____　版面編排____　內容____　文／譯筆____　價格____

讀完書後您覺得：

□很有收穫　□有收穫　□收穫不多　□沒收穫

對我們的建議：________________

____

____

____

請貼
郵票

11466
台北市內湖區瑞光路 76 巷 65 號 1 樓
秀威資訊科技股份有限公司 收
BOD 數位出版事業部

（請沿線對折寄回，謝謝！）

姓　　名：＿＿＿＿＿＿＿＿　年齡：＿＿＿＿　性別：□女　□男

郵遞區號：□□□□□

地　　址：＿＿＿＿＿＿＿＿＿＿＿＿＿＿＿＿

聯絡電話：(日)＿＿＿＿＿＿＿＿ (夜)＿＿＿＿＿＿＿＿

E-mail：＿＿＿＿＿＿＿＿＿＿＿＿＿＿＿＿